李煜词全集

(南唐)李煜 著

王兆鹏 注评

图书在版编目（CIP）数据

李煜词全集 /（南唐）李煜著；王兆鹏注评. -- 武汉：长江文艺出版社，2019.6
（国学经典丛书. 第二辑）
ISBN 978-7-5702-0418-2

Ⅰ. ①李… Ⅱ. ①李… ②王… Ⅲ. ①李煜（937-978）－词（文学）－注释 Ⅳ. ①I222.843.2
中国版本图书馆 CIP 数据核字(2018)第 108103 号

| 责任编辑：张远林 | 责任校对：毛 娟 |
| 封面设计：徐慧芳 | 责任印制：邱 莉 杨 帆 |

出版：长江出版传媒 | 长江文艺出版社
地址：武汉市雄楚大街 268 号　　邮编：430070
发行：长江文艺出版社
http://www.cjlap.com
印刷：湖北恒泰印务有限公司

开本：880 毫米×1230 毫米　1/32　　印张：5.625　插页：4 页
版次：2019 年 6 月第 1 版　　　　　2019 年 6 月第 1 次印刷
字数：119 千字

定价：28.00 元

版权所有，盗版必究（举报电话：027—87679308　87679310）
（图书出现印装问题，本社负责调换）

总　序

郭齐勇　武汉大学国学院院长

国学大师钱穆先生曾说"今人率言'革新',然革新固当知旧"。对现代人尤其是青年一代来说,缺乏的也许不是所谓的"革新力量",而是"知旧",也即对传统的了解。

中国文化传统的源头,都在中国古代经典当中。从先秦的《诗经》《易经》,晚周诸子,前四史与《资治通鉴》,骚体诗、汉乐府和辞赋,六朝骈文,直到唐诗、宋词、元曲和明清小说,在传统经典这条源远流长的巨川大河中,流淌着多少滋养着我们精神的养分和元气!

《说文解字》上说"经"是一种有条不紊的编织排列,《广韵》上说"典"是一种法、一种规则。经与典交织运作,演绎中国文化的风貌,制约着我们的日常行为规范、生活秩序。中国文化的基调,总体上是倾向于人间的,是关心人生、参与人生、反映人生的,当然也是指导人生的。无论是春秋战国的诸子哲学,汉魏各家的传经事业,韩柳欧苏的道德文章,程朱陆王的心性义理;还是先民传唱的诗歌,屈原的忧患行吟,都洋溢着强烈的平民性格、人伦大爱、家国情怀、理想境界。尤其是四书五经,更是中国人的常经、常道。这些对当下中国人治国理政,建构健康人格,铸造民族精魂都具有重要意义。经典是当代人增长生命智慧的源头活水!

长江文艺出版社历来重视中华民族优秀传统文化的传播及普及,近年来更在阐释传统经典、传承核心文化价值、建构文化认同的大纛下努力向中国古典文化的宝库掘进。他们欲推出《国学经典丛书》,殊为可喜。

怎么样推广这些传统文化经典呢?

古代经典和现代读者的阅读习惯及趣味本来有一定差距,如果再板起面孔、高高在上,只会让现代读者望而生畏。当然,经典也不是任人打扮的小姑娘,一味将它鸡汤化、庸俗化、功利化,也会让它变味。最好的办法就是,既忠实于经典的原汁原味,又方便读者读懂经典,易于接受。在这个原则的指导下,《国学经典丛书》首先是以原典为主,尊重原典,呈现原典。同时又照顾现实需要,为现代读者阅读经典扫除障碍,对经典作必要的字词义的疏通。这些必要精到的疏通,给了现代读者一把迈入经典大门的钥匙,开启了现代读者与古圣先贤神交的窗口。

放眼当下出版界,传统文化出版物鱼目混珠、泥沙俱下,诸多出版商打着传承古典文化的旗号,曲解经典,对现代读者尤其是广大青少年认知传承经典起了误导作用。有鉴于此,长江文艺出版社推出的《国学经典丛书》特别注重版本的选取。这套丛书大多数择取了当前国内已经出版过的优秀版本,是请相关领域的名家、专业人士重新梳理的。这些版本在尊重原典的前提下同时兼顾其普及性,希望读者能有一次轻松愉悦的古典之旅。

种种原因,这套丛书必然会有缺点和疏漏,祈望方家指正。

目录

南唐二主词

前　言 · 003

李璟

应天长　（一钩初月临妆镜）· 016

望远行　（碧砌花光锦绣明）· 017

浣溪沙　（手卷真珠上玉钩）· 018

浣溪沙　（菡萏香销翠叶残）· 019

李煜

玉楼春　（晚妆初了明肌雪）· 021

浣溪沙　（红日已高三丈透）· 022

菩萨蛮　（花明月暗笼轻雾）· 023

菩萨蛮　（蓬莱院闭天台女）· 024

菩萨蛮　（铜簧韵脆锵寒竹）· 025

一斛珠　（晓妆初过）· 026

阮郎归　（东风吹水日衔山）· 027

谢新恩　　（秦楼不见吹箫女）·029
谢新恩　　（樱花落尽阶前月）·030
采桑子　　（亭前春逐红英尽）·031
采桑子　　（辘轳金井梧桐晚）·032
长相思　　（云一䘼）·033
喜迁莺　　（晓月坠，宿云微）·034
蝶恋花　　（遥夜亭皋闲信步）·035
渔　父　　（浪花有意千里雪）·035
渔　父　　（一棹春风一叶舟）·037
捣练子令　（深院静）·038
望江梅　　（闲梦远，南国正芳春）·039
望江梅　　（闲梦远，南国正清秋）·040
望江南　　（多少恨）·040
望江南　　（多少泪）·041
乌夜啼　　（无言独上西楼）·042
乌夜啼　　（林花谢了春红）·043
乌夜啼　　（昨夜风兼雨）·044
虞美人　　（风回小院庭芜绿）·045
菩萨蛮　　（人生愁恨何能免）·046
清平乐　　（别来春半）·047
破阵子　　（四十年来家国）·049
浪淘沙　　（往事只堪哀）·050
浪淘沙　　（帘外雨潺潺）·052
虞美人　　（春花秋月何时了）·054

冯延巳词

前　言 · 059

鹊踏枝　（梅落繁枝千万片）· 069
鹊踏枝　（谁道闲情抛掷久）· 070
鹊踏枝　（秋入蛮蕉风半裂）· 071
鹊踏枝　（花外寒鸡天欲曙）· 072
鹊踏枝　（叵耐为人情太薄）· 073
鹊踏枝　（萧索清秋珠泪坠）· 074
鹊踏枝　（烦恼韶光能几许）· 076
鹊踏枝　（几度凤楼同饮宴）· 077
鹊踏枝　（几日行云何处去）· 078
鹊踏枝　（庭院深深深几许）· 080
鹊踏枝　（六曲阑干偎碧树）· 081
采桑子　（中庭雨过春将尽）· 083
采桑子　（马嘶人语春风岸）· 084
采桑子　（酒阑睡觉天香暖）· 085
采桑子　（小堂深静无人到）· 086
采桑子　（画堂灯暖帘栊卷）· 087
采桑子　（笙歌放散人归去）· 089
采桑子　（昭阳记得神仙侣）· 090
采桑子　（画堂昨夜愁无睡）· 090
采桑子　（洞房深夜笙歌散）· 091
采桑子　（花前失却游春侣）· 092
酒泉子　（庭下花飞）· 093
酒泉子　（云散更深）· 094

酒泉子	（庭树霜凋）	·095
酒泉子	（芳草长川）	·096
临江仙	（秣陵江上多离别）	·097
临江仙	（南园池馆花如雪）	·098
清平乐	（雨晴烟晚）	·099
醉花间	（晴雪小园春未到）	·100
醉花间	（林雀归栖撩乱语）	·101
应天长	（朱颜日日惊憔悴）	·102
应天长	（当时心事偷相许）	·103
应天长	（兰舟一宿还归去）	·104
谒金门	（杨柳陌）	·104
谒金门	（风乍起）	·105
虞美人	（画堂新霁情萧索）	·107
虞美人	（碧波帘卷垂朱户）	·108
虞美人	（玉钩鸾柱调鹦鹉）	·109
虞美人	（春山淡淡横秋水）	·110
归国遥	（何处笛）	·112
归国遥	（春艳艳）	·113
归国遥	（江水碧）	·114
南乡子	（细雨湿流光）	·115
薄命女	（春日宴）	·116
喜迁莺	（宿莺啼）	·117
芳草渡	（梧桐落）	·118
更漏子	（金剪刀）	·119
更漏子	（秋水平）	·120
更漏子	（风带寒）	·121

更漏子	（雁孤飞）	·122
更漏子	（夜初长）	·123
抛球乐	（酒罢歌余兴未阑）	·124
抛球乐	（梅落新春入后庭）	·125
抛球乐	（坐对高楼千万山）	·125
醉桃园	（南园春半踏青时）	·127
菩萨蛮	（画堂昨夜西风过）	·127
菩萨蛮	（梅花吹入谁家笛）	·128
菩萨蛮	（娇鬟堆枕钗横凤）	·129
菩萨蛮	（欹鬟堕髻摇双桨）	·130
浣溪沙	（春到青门柳色黄）	·131
浣溪沙	（转烛飘蓬一梦归）	·132
三台令	（春色）	·133
三台令	（明月）	·134
三台令	（南浦）	·135
点绛唇	（荫绿围红）	·135
上行杯	（落梅着雨消残粉）	·136
忆秦娥	（风淅淅）	·137

附录一　李煜、李璟、冯延巳辑评·138
附录二　南唐二主生平资料·153

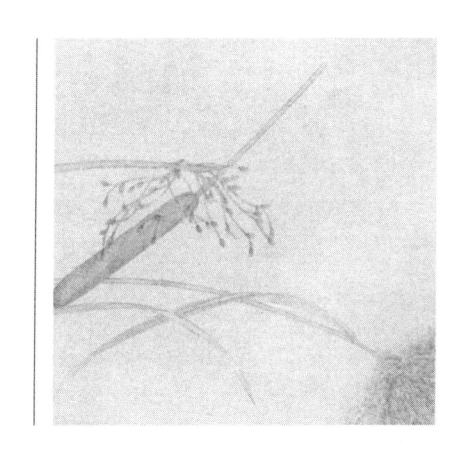

南唐二主词

前　言

　　唐宋词史上，父子都能写词的有不少，五代有李璟、李煜父子，北宋有晏殊、晏几道父子，南宋有葛胜仲、葛立方父子和韩元吉、韩淲父子。其中最著名的，是南唐二主和北宋二晏。本书选注的是二主词，所以下面主要介绍二主其人其词。

　　唐朝灭亡以后，中国又进入大分裂时代。北方先后有五个政权，南方有十个小国，历史上称为五代十国时期。南唐是十国之一，建都在金陵，就是现在的江苏南京。南唐在公元937年建国，先后有三个皇帝，即先主李昪，中主李璟，后主李煜。

　　先主李昪，毕竟是开国皇帝，老谋深算，政治上有主见，有作为。他采取息兵睦邻的政策，致力于发展南唐的经济实力。在他的治理下，国泰民安，南唐一跃成为南方最为富庶殷实的强国。李璟、李煜父子，都是懦弱文雅的书生。写诗词，是行家里手；做皇帝，玩政治，却是大大的外行。李昪苦心经营留下的一份丰厚"家业"，几十年间，就被李璟、李煜父子俩折腾个精光，最终送给了宋太祖，李煜还赔上了自家的性命。

　　先说李璟其人。李璟（916—961），原名景通，字伯玉。登基后改名"瑶"，因为"瑶"是常用字，臣下百姓不容易避讳，又改名"璟"。公元943年，先主李昪病死，李璟继位，改元保大，"保大"，即"保太"，意思是偃兵息武，长保太平。先主临死时，叮嘱李璟要"守成业，宜善交邻国，以保社稷"。李璟即位之初，倒也记住了先皇遗训，以保境安民为务。可不久，他重用的一批亲信大臣，拼命鼓吹扩张领土，借以巩固自己的政治地位。宰相冯延巳讥笑不愿用兵的先主是"田舍翁"，极力怂恿李璟用兵。李璟做了几年的皇帝，扩土的野心也逐渐膨胀，加上亲信大臣的鼓噪，于是开始大规模地出兵与邻国作战。先是出兵进攻闽国（福建），结果大败而归。后又出兵楚国，进攻湖南，又以失败告终。从此国力大亏。到了公元956年，无力进攻别国的南唐，反过来在淮南被后周的军队打得一败涂地。第二年，后周再次派兵攻打南唐。李璟招架不住，于958年宣布投降，将长江以北的土地全部献给后周，自去帝号，改称国主，用后周年号。他本人为避周讳，又改名景。割让江北土地后，南唐已不堪一击，都城金陵与后周领土仅一水之隔，直接受到北方强大军事力量的威胁。李璟计划迁都洪州（今江西南昌）。这时候，金陵经过几十年的建设，已变成十分繁华的大都市，大臣的豪宅都在金陵，绝大多数都不愿离开这安乐窝。但平常优柔寡断的李璟，这一次却是不顾一切地作出决断，于961年3月，亲率六军百官迁都。到了洪州后，满朝文武，怨声载道。李璟本人也难以摆脱丧师失地的屈辱忧愤，整天抑郁不乐，垂头丧气。迁都没有达到振奋人心、激励士气的目的，他也有些后悔，有时望着金陵方向，独自垂泪。3个月后，他就病死在洪州，享年四十六岁。在位十九年，庙号元宗。

李璟做皇帝不行，但生就一副才子模样，人长得特别清爽，能言善道。前人说他"音容闲雅，眉目若画"（《江南野史》卷二），"神采精粹，词旨清畅"（《钓矶立谈》卷一）。他还有点武功，善于骑射，好学能诗。他写的诗歌，士大夫传诵把玩，都佩服他的语言构思"新丽"。但流传下来的诗歌只有2篇，断句3联6句。其中有两句咏竹的佳句："栖凤枝梢犹软弱，化龙形状已依稀。"据说是他10岁时写的。他的词作，流传下来的也只有

4首。但每首都是精品，可读性很强。尤其是《浣溪沙》中的"小楼吹彻玉笙寒"，早已是千古名句。

文学史上有种有趣的现象，有些人流传下来几百首诗词，一点名气、一点地位也没有。可有些人，只留下几首诗，几首词，就名垂千古，让人回味无穷。唐人张若虚以一篇《春江花月夜》，就在诗史上占有一席之地。宋初的范仲淹，只留下5首词，在词史上也占有重要地位。李璟词的开创性虽然比不上后来的范仲淹，但可读性和艺术的精美度一点不弱。

正因为李璟词艺术精美，所以才赢得后人的喜爱。北宋王安石，平时看不起词作，对他的前辈宰相晏殊写词，很有些不满意，曾说："为宰相而作小词，可乎？"（有趣的是王安石后来自己也做到宰相，也写小词）但他对李璟的《浣溪沙》词很欣赏，很推崇。有一次，他问黄庭坚："作小词，曾看李后主词否？"黄说："曾看。"王问："何处最好？"黄说是"一江春水向东流"。王安石则说"细雨梦回鸡塞远，小楼吹彻玉笙寒"两句"最好"（胡仔《苕溪渔隐丛话》前集卷五十九引《雪浪斋日记》）。看来名人也难免犯错误。博闻强记的王安石竟把李璟的词句误记成李煜的词了。不过这小小的记忆错误，并不妨碍我们了解王安石对李璟词的态度。宋代女词人李清照能诗擅词，评论词作，非常挑剔，连欧阳修、苏轼等大文豪的词作她也要挑一些毛病。但她也欣赏李璟和冯延巳的词。曾说"江南李氏君臣尚文雅，故有'小楼吹彻玉笙寒'、'吹皱一池春水'之词，语虽奇甚，所谓亡国之音哀以思也"（同前书后集卷三十三引）。要是搞南唐金曲排行榜，李璟词肯定可以荣登榜首，有王安石、李清照这样的大权威予以特别推荐，其谁曰不然。

再来说李煜其人其词。

李煜（937—978），原名从嘉，字重光，号钟隐，又号钟峰白莲居士。即位后改名煜,世称李后主。李煜,是多才多艺身,又是多福多苦命。

说他是多才多艺身,是因为他工书善画,能诗擅词,又精通音乐。徐铉在李煜墓志铭中就说他"弧矢之善,笔札之工,天纵多能,必造精绝"。意思是李煜玩什么,都能玩出名堂,玩得"精绝"。他的书法,自成一家,创造出了"聚针钉""金错刀""撮襟"等体式。当时有不少人学他的字体。宋代佚名的《宣和画谱》卷十七记载,当时有个叫唐希雅的,"妙于画竹,作翎毛亦工。初学南唐伪主李煜金错刀书,有一笔三过之法。虽若甚瘦,而风神有余。"李煜作画,最工墨竹。据《宣和画谱》记载,他有《柘竹霜禽图》《柘枝空禽图》《秋枝披霜图》《竹禽图》《棘雀图》等画传至宋代。郭若虚《图画见闻志》说:"后主才识清赡,书画兼精,尝观所画林木飞鸟,远过常流,高出意外。"他创作的乐曲,也很"奇绝"。亡国之前,他还创作了《念家山》《念家山破》等乐曲,流行很广,"宫中民间日夜奏之,未及两月,传满江南"(邵思《雁门野说》)。他还会点武艺,像他老爸李璟,弧矢箭术,也很高明。多才多艺、精通音律的李煜,写起小词来,自然是驾轻就熟。他能创作出《虞美人》之类的绝妙好词,一点也不奇怪。

说他多福,首先是因为他原本无缘也无心做太子、当皇帝,却一不小心,当上了太子,做上了皇帝。他是李璟的第六子。按理,当太子、做皇帝没有他的份儿,可憨人有憨福。他的长兄弘冀早就被立为太子,弘冀为人严厉刻薄,疑忌心很重。李煜年轻时不干预时政,不问世事,一心读书,免得被太子猜忌。弘冀当上太子后,专断擅杀。李璟大为不满,为迫使弘冀改变作风,威胁说要传位给他的弟弟、也就是弘冀的叔父景遂。弘冀觉得景遂对他构成了威胁,于是派人把景遂给毒死了。没料到,一个月后,弘冀自己也一命呜呼。李煜的其他四位兄长都早夭,这时,李煜倒成了老大，于是在建隆二年（961），顺利地被立为皇太子。也是在这一年，李璟死在洪州，太子李煜在金陵继位登上了国主的宝座。他当上了皇帝，拥有了至高无上的地位。普天之下，莫不是他的臣子，谁都得听他发号施令，这极度满足了他的荣誉感、自尊心。率土之滨，莫不是他的财产，他想怎么享受，就怎么享受。这可无止境地满足他穷奢极侈的欲望。想来登基的那一天，李煜肯定以为他是天下最幸福的人，天下所有人的幸福加起来也不如他的幸福那么大、那么深。问君能有几多福，恰似一江春水向东去。

后主登基的时候，宋太祖赵匡胤已建立了宋王朝，统一了北方。李后主的南唐小国，无力与北宋抗衡，只好屈尊，每年向宋太祖进贡金银财宝，来换取太平。宋太祖志在统一天下，后主进贡的钱财虽然数目不小，但还是不能满足宋太祖的欲望。只是宋朝还要一个个地收拾南方其他小国，一时还顾不上平定南唐。于是李后主有机会苟延残喘，做了十五年的小皇帝。宋太祖曾说："卧榻之下，岂容他人酣睡。"李煜居然在宋太祖的卧榻之下，小心翼翼地睡了十五年，这也算是有福气吧。

他的福气，还不止这些呢。事业、爱情都美满，才是真正圆满的人生、幸福的人生。李煜的爱情，也是幸福的。先后两个皇后，都是天姿国色。三国时的大乔小乔姊妹俩，也是倾城倾国之貌，但分别嫁给了两人。而南唐的大周后小周后两姊妹，李煜一个人独娶。北宋的苏轼，在黄州想起周瑜又是建功立业，又是"小乔初嫁"的时候，心中又羡慕，又自悲。李煜要是想到孙策和周瑜，肯定是又自豪又得意：你们俩只是一人娶一个，俺可是一人娶两个绝代佳人。当然，对于一个皇帝来说，找一个两个甚至更多的漂亮老婆并不是什么稀罕事，难得的是他的老婆既漂亮，又多才多艺，跟他真正是情投意合。

大周后，小字娥皇。比李煜年长一岁。十九岁时，嫁给李煜。她精通书史，善解音律，特别擅长演奏琵琶。连李璟也很欣赏她的技艺，特地把自己钟爱的烧槽琵琶赐给她，以示奖赏。据说烧槽琵琶传至北宋，宋徽宗当作珍宝。娥皇精通作曲。唐代著名的大曲《霓裳羽衣曲》，唐末战乱后失传。李煜不知从何处获得《霓裳羽衣曲》的残缺乐谱，娥皇加以变易，使旧曲新生，"繁手新声，清越可听"。有一次，雪夜酒宴，酒酣耳热之后，娥皇请后主起舞，后主说："你能创一新调，朕就跟你跳。"娥皇当即让人铺上纸，一边唱，一边谱曲，"喉无滞音，笔无停思"，不一会儿就创作了一支新曲，名《邀醉舞破》。据说她还能写小词，可惜没有词作流传下来。马令《南唐书》说她采戏弈棋，无不绝妙。她还是一位时装和发型设计师，曾设计"高髻纤裳及首翘鬓朵之妆"，人人仿效。有这样一位可人儿作伴侣，教后主怎不心满意足？真个是从此君王不早朝。陆游《南唐书》说后主因为大周后喜好音律，他也"耽嗜"音律，无心政事。大臣极力劝谏，也无济于事，后主照样沉迷于音律之中。后主喜好音律，与大周后有关。他因喜爱音乐，荒废了政事，这是南唐百姓的大不幸，却又是中国词史的大幸。假如后主把他的才情全用在写诗上，最多只是一个二三流诗人。幸亏有了大周后，让他倾尽才力注意于音律，并选择了词这种新兴的形式来创作，他终于成为中国词史上影响最大的一位帝王词人，给中国词史增添了亮丽的一页。咱们应该感谢他的大周后才是。后主对大周后也是恩爱有加。大周后二十九岁时，爱子仲宣刚四岁，忽得暴疾而夭。大周后哀痛过度而死。临死前，她心满意足地对后主说："婢子多幸，托质君门。冒宠乘华，凡十载矣。女子之荣，莫过于此。"大周后病重时，后主朝夕陪伴，"药非亲尝不进，衣不解带者累夕"。娥皇死后，后主悲痛欲绝，闹着要跳井殉情。因伤心过度，骨瘦如柴，要凭拐棍才能站起来。有人说李后主在大周后死之前，就与小周后偷情，他哭大周后，是虚伪。如果说跳井是装装样子，流几滴眼泪也是人之常情，不足为奇，但哭得死去活来，"哀毁骨立，杖而后起"，不能说后主一点真情也没有。如今有种说法叫"喜新不厌旧"，后主至少可以算作是"喜新不厌旧"的多情种。

小周后，是娥皇的妹妹。她也是"警敏有才思，神彩端静"，风情万种。大周后病重时，后主就私下与小周后频频约会。后主三十二岁时正式娶她，婚礼极其隆重奢华。马令《南唐书》记载，迎亲的时候，满城百姓争相观看，有人还登上屋顶，以致不小心坠落而死。后主与小周后婚前的爱情，更具有刺激性，更令他心荡神移。如果说大周后主要是引发了后主对音乐的兴趣爱好，间接促进了后主词的创作，那么小周后与后主婚前的幽会，则是直接为后主的词作提供了素材。后主词中的"刬袜步香阶，手提金缕鞋"，就是写与小周后的恋爱经历。后主如果不是得意忘形，恐怕不会把自己的爱情实况直播出去。正因为他觉得这爱情太幸福太刺激，应该"与民同乐"，才会毫不遮掩地把他的爱情故事写到词中，让人传唱。

说他命苦，是指他被俘之后的遭遇。他原以为，小皇帝可以做一辈子，可以跟小周后厮守终生，享受一辈子的洪福。谁知，开宝七年（975），宋太祖在消灭了其他几个小国之后，终于腾出手来，派兵收拾南唐。第二年冬天，宋兵攻下金陵。宋师进攻之前，李后主嘴硬得很，曾对人说："他日王师见讨，孤当躬擐戎服，亲督士卒，背城一战，以存社稷。如其不获，乃聚宝自焚。终不作他国之鬼。"等到兵临城下，他却束手无策，想到的唯一妙计是"下令军民，皆诵救苦菩萨"。可他拜了一辈子的菩萨，这时都躲在庙里闻清香，压根不来帮忙。他只好拱手投降，到汴京去朝拜宋朝的天子。从此以后，大福大贵的皇帝李后主变成了大灾大难的囚徒,天底下最幸福的人变成了天底下最伤心最悲惨的人。

后主做了俘虏之后,物质生活并不比普通人差,甚至比一般老百姓吃得更好住得更好穿得更好。但他过惯了奢侈的生活,哪能受得了这紧巴巴的日子。《宋史·南唐李氏世家》记载说,后主曾向宋太宗诉说生活拮据,日子太苦,受不了。太宗可怜他,就给他增加薪水,提高待遇,改善生活。又据《翰府名谈》记载,李煜入宋后每天作长夜饮,朝廷每天供给他三石酒,皇上不同意。有人进奏说,不让他喝酒,他怎能度日。于是依旧供给。这件事,一说明后主精神痛苦,天天要借酒消愁。二也说明宋朝给他的物质待遇不算很差。可物质条件再好,总比不上当皇帝的日子。他好比从天堂掉到地狱,对比太强烈,心理反差太大,所以,对于基本能满足生活需要的物质生活,他无法适应,也无法满足。不过,后主最苦的不是物质生活的拮据,而是心灵的痛苦。

这心灵的痛苦,一是人格的屈辱与被侮辱。当俘虏,终日被软禁,没有人身自由。软禁期间,没有皇上的命令不能随便见人(见后《虞美人》词评析),还要看守门老吏的脸色,精神的屈辱可想而知。更使他伤心屈辱的是,小周后常被宋太宗叫进宫去,一入宫几天才能出来。回来后,小周后就又哭又骂,后主只能"宛转避之"(王铚《默记》卷下)。妻子被宋朝天子强奸,后主只能忍气吞声。人们常说敢怒不敢言,后主恐怕连发怒的勇气都没有。作为一个丈夫,眼睁睁地看着妻子被别人侮辱,人格尊严受到最大的伤害与玷污,而自己却一点办法也没有。这是多么深重的屈辱与痛苦!

二是他的生命时刻受到威胁,随时都有被害的可能。几个投降宋朝的国主先后被暗杀毒死。在李后主之前,后蜀国主孟昶降宋入汴京，宋太祖在汴水边建豪宅大第五百间让孟昶居住。表面上恩遇有加，过了几日，孟昶就暴死。荆南高继冲降宋后，虽然活了十年，也是在三十一岁时不明不白地死去。在李煜之后，吴越王钱俶也是在朝廷遣使赐宴后一夜暴死。李后主对孟昶、高继冲等降王的命运结局不会不知。说不定哪一天他也会像孟昶一样突然死去。所以，后主有着强烈的死亡恐惧与忧虑。生命的危机，死亡的威胁，不是预想的，而是现时的存在。他曾在上宋太宗《乞潘慎修掌记室表》中说："臣亡国残骸，死亡无日。"意思是说亡国之人，活不了几日。《翰府名谈》记载，李煜晚年曾乘醉在窗上题诗："万古到头归一死，醉乡葬地有高原。"他清醒后后悔不该写此诗。酒醉心明白。可见，死亡的恐惧像梦魇一样总是缠绕在他的心灵。可他偏偏又怕死，这从李煜降宋时的表现可以看出。宋师攻下金陵后，宋将曹彬告诉李煜，汴梁的生活不可能像金陵宫中这么奢华，宜多作准备，多带些东西。李煜听后依言回宫准备行装。其时宋将担心李煜回宫自尽，无法向太祖交代。曹彬说，看李煜的神色，懦夫女子都不如，他怎么会自杀。果然，第二天李煜按期而至（见孔平仲《谈苑》）。另一种说法是，金陵城破后，后主去见宋将曹彬和潘美。曹、潘召李煜上船饮茶，船前只有一独木跳板，李煜害怕掉进水中，徘徊不敢登船。曹彬让士兵在两边扶着他才上船。喝完茶后，曹彬命令李煜："回去办行装，明天早上来此相会，一同赴京师。"第二天清晨李煜如期而赴。开始潘美大惑不解，担心李煜回去后自尽。曹彬解释说："他连独木板都不敢进，贪生怕死之极。既然答应让他活着赴汴京，他怎么会自杀？"（王陶《谈渊》）正因为李煜怕死，而死亡又一天天地威胁着他，所以他痛苦不堪。"此中日夕，只以泪洗面"，确实是他入宋后生活、心境的真实写照。太平兴国三年（978）七月七日，正是李煜的四十一岁生日。宋太宗派人用牵机毒死了李煜（见后《虞美人》词评析）。一代昏庸无能的亡国之君，一位给中国词史谱写过辉煌一页的词人，就这样在极度的痛苦中死去。

李煜的词，就像他的人生境遇一样，是由欢乐和痛苦的两极世界构成。

李煜亡国前的词世界是极乐世界，充分表现出他能感受到的欢娱。那里有"笙歌吹断水云间，重按霓裳歌遍彻"，"醉拍栏杆情味切。归时休照烛花红。待放马蹄清夜月"（《玉楼春》）的彻夜欢歌；又有"红日已高三丈透"，"佳人舞点金钗溜。酒恶时拈花蕊嗅。别殿遥闻箫鼓奏"（《浣溪沙》）的白日舞会；更有"脸慢笑盈盈，相看无限情"，"奴为出来难。教君恣意怜"（《菩萨蛮》）的动人爱情。

亡国后则是悲惨世界，只有"梦里"才能"一晌贪欢"。李煜享受过幸福，也体验到了深沉的人生痛苦。他忘不了故国，忘不了欢乐的往事。在《虞美人》里难忘："小楼昨夜又东风，故国不堪回首月明中。雕阑玉砌应犹在。只是朱颜改。"在《浪淘沙》词里深情回忆："想得玉楼瑶殿影，空照秦淮。"在《菩萨蛮》中也是歌唱："故国梦重归。觉来双泪垂"。他后期的词作，总是把过去的欢乐和现在的痛苦作对比，构成过去和现在、欢乐和痛苦相互对比映衬的二重组合词境。《浪淘沙》里所说的"天上人间"，最典型地反映出他后期词作境界的构成方式。这种二重组合的词境，具体表现为：时间上是过去和现在的组合，空间上或者是梦境与现实的组合，或者是现实与醉乡的组合，或者是故国与现居环境的组合。时空的二重结构中渗透着两种情感：痛苦与欢乐——过去的欢乐和现在的痛苦，梦中的欢乐与梦后的痛苦。

李煜后期词在时间的构成方式上，还有一个特点，那就是只有过去和现在，没有未来。借用英语时态的说法，李煜后期词只有过去时和现在时，而没有将来时态。这是因为后主对人生未来已不抱希望，死亡随时都可能降临，活一天算一天。他看不到未来的希望，也不抱任何幻想，更不希求拯救。他不可能像北宋苏轼那样力求超越痛苦，也无法摆脱痛苦。他的词是绝望者的哀鸣，是强权高压之下弱小者的痛苦呻吟。所以在他的词中找不到未来，找不到他对未来生活的憧憬和向往。哀莫大于心死。亡国之后，后主的心已绝望，已死亡。他的词最深刻的意义就在于，表现出了弱势者、弱小者在痛苦绝望中的心理状态。所以读来令人心颤，催人泪下。

　　作为亡国之君，他失落的痛苦，原本是常人很难感受的。李煜的可贵之处在于，他在表现痛苦时，常常超越个人的痛苦，而表现出人类痛苦的普遍性。这就是《菩萨蛮》词里所说的"人生愁恨何能免"，《乌夜啼》里所唱的"世事漫随流水，算来梦里浮生"。他由个人的痛苦而感悟到整个人类人生痛苦的不可避免性。其次，他在表现个人的痛苦时，常常略去痛苦的原因，而只表现欢乐美好失落后的痛苦、忧愁的体验。人生都会有忧愁，都会有理想、爱情、事业、地位等等失落的苦闷。当李煜用最简洁准确、生动形象的语言表现出对这类忧愁痛苦的体验时，自然会引起我们的情感共鸣。

　　从词史的发展进程来看，李煜词具有较大的开创性。晚唐五代以来，词体进入发展定型阶段。其中创作成就最高、贡献最大的是晚唐的温庭筠。温庭筠的主要贡献，一是完善、统一了词体的艺术形式，每一词调有统一的固定的字数句式格律。不像敦煌民间词，同一词调的作品，字数句式时有不同，呈现出一种自由无序的状态。二是建立起"标准化"的审美规范，即抒情人物的类型化、情感的普泛化，语言的艳丽化。温词的主人公大多是相思苦闷的类型化的女性人物，词中的情感主要是男欢女爱、离愁别恨等人类泛化的情感，语言色彩浓烈艳丽，情调婉转妩媚。其他"花间词人"基本上沿着温庭筠建立的抒情范式进行创作，只有韦庄有些突破。韦词表现出他飘泊江南时的一些独特的人生感受，语言风格也比较清淡。

如果说温庭筠在词史上有"定型"之功，那么，李煜就有"转型"之功。李煜的词，特别是后期的词作，主要是表现自我独特的人生感受，表现出了亡国的愁恨，生命不能自我主宰的悲哀，命运的虚无幻灭和人生的悲哀绝望。相对而言，温庭筠词的情感世界比较单一，而李煜的情感世界则比较丰富深刻。李煜词表现出了词史上从来没有表现过的崭新的生命体验和人生感受。王国维曾经在《清真先生遗事》里说，词有诗人之境界，有常人之境界。常人之境界，是大众共有的情感；诗人之境界，是诗人独有的情感。按照王国维的这种区分，温词属于常人之境界，而李煜词则属于诗人之境界。从虚实的角度来看，温词的艺术世界是一个"虚拟的世界"，因为词中所写，并不是词人真实的见闻感受。而李煜的词世界，则是"实在的世界"，无论是前期词还是后期词，都是写他自己的见闻和真实的感受。从功能上看，虽然温词和李词都能歌唱，而温词是地道的歌化的词，李词则是诗化的词。王国维《人间词话》说："词至李后主，眼界始大，感慨遂深，遂变伶工之词为士大夫之词。"说的就是这个意思。歌曲适宜于表现大众化的情感，而诗则适宜于表现诗人个人独有的情感。李煜词开启了一个新的方向，即词也可以像诗歌那样来表现作者自己独特的人生感受。这对宋词的发展影响很大。

最后说明一下二主词的传播和本书的选注情况。二主词，在南宋时就以合集的形式流传，题作《南唐二主词》。宋代的本子早已失传。现存最早的本子是明代吴讷的《唐宋名贤百家词》抄本,另有明代万历庚申(1620)年吕远的刻本。清代的抄刻本比较多。有些本子收的作品,不完全可信,即是说,其中收录了不是李煜写的词。本书选录的词作,是从曾昭岷、曹济平、王兆鹏和刘尊明编著的《全唐五代词》(中华书局1999年版)中选录出来的,词中的个别字句有改动,择善而从。《全唐五代词》收李璟词4首;录李煜词40首,其中有3首仅残存1句,另有5首残缺不全,又有1首不完全可信。本书入选李璟词4首,李煜词31首。李璟现存的词作,已全部入选。李煜的词,除残缺词和一首存疑词之外,其他的也都已入选。李璟词的排列次序,是按照《全唐五代词》原来的顺序;李煜词的次序,重新作了调整,大体上按照情感内容的类别排列,亡国前的词作排列于前,亡国后的词作排列于后,以便了解他前后期词作的变化。因为李煜的词作很难判断具体的写作年代,所以这种排列也只是一个大致的划分。注释力求简明扼要。讲析部分,力求用现代的眼光作出解析。词的断句标点,依据格律而不依从词意,押韵处用句号,其他用逗号。

应天长　李璟

一钩初月临妆镜，蝉鬓凤钗慵不整①。重帘静。层楼迥②。惆怅落花风不定。　　柳堤芳草径。梦断辘轳金井③。昨夜更阑酒醒④。春愁过却⑤病。

【注释】　①蝉鬓：一种发型，两鬓梳成像蝉翼的样子。据崔豹《古今注》记载，这种发型是魏文帝宫人莫琼树所创。凤钗：簪发的首饰，用金银做成凤型的钗子。宋赵长卿《醉蓬莱》词有"金凤钗头"的说法。"慵不整"，懒得梳理。宋蔡伸《菩萨蛮》词的"蝉鬓慵梳掠"与此处意思相同。②迥（jiǒng）：意思是遥远，这里指高深。③辘轳：井上可以省力的汲水工具。金井：井边的井栏，因井栏上有色彩富丽的雕饰，故称金井。④更（gēng）阑：更尽，天快亮时。⑤过却：胜过；超过。

【评点】　这首词表面上写春愁，实际上是写爱情的苦闷。开篇好像是一个特写镜头，写一位女性早晨起来懒洋洋地对镜梳妆。这情形与温庭筠《菩萨蛮》词所写"懒起画蛾眉，弄妆梳洗迟"相似。外在神态的慵懒，实是内心寂寞苦闷的表现。这两句直接写人物的神态和打扮，又间接地表现出人物的内心意绪。读这两句，要想象出一位梳着时髦发型、头戴凤钗的年轻女子，在窗前对镜梳妆的情景。接下三句写室内外的环境，通过环境的渲染来表现人物的心情。室内帘幕重重，楼高院深，独处深闺的女子与外界隔绝，心中自然惆怅无聊。庭院外风吹花落，树枝摇曳，大有北宋晏殊《浣溪沙》词中"无可奈何花落去"的感慨。花，象征着青春和美好的理想；花落，意味着青春年华的流逝和美好理想的失落，所以词中女子见"落花"而生"惆怅"。下阕开头（又叫"过片"）二句写"昨夜"梦境。这女子离开深闺，来到春光明媚、景色怡人的柳堤上，沿着春草遮掩的小路自由自在地纵目游赏，也许是与心上人携手同行，那情形又浪漫又快活。可恨的是清晨屋外井边一阵汲水的声响打断了春天的美梦。更尽黎明，酒醒梦醒，回想梦中的快乐,醒后这孤独的"春愁"真比病痛还难受!在唐宋词中,"春愁"的内涵很丰富,可以指伤春的情怀,感叹春天的短暂和春光的快速流逝,也可以指爱情的失落和相思的苦闷,还可以指因季节的转换而造成心理上的不适应,一种难以言传的躁动不安。这首词中的"春愁"更多的是因爱情失落而生的苦闷。

望远行 李璟

碧砌花光锦绣明①。朱扉长日镇长扃②。馀寒不去梦难成。炉香烟冷自亭亭③。　辽阳月④,秣陵砧⑤。不传消息但传情。黄金窗下忽然惊。征人归日二毛生⑥。

【注释】 ①碧砌:形容台阶的华美,不一定是碧玉砌成。锦绣明:像锦绣一样亮丽。②朱扉:红色的门。镇常扃:老是关闭着。镇,常常。明胡震亨《唐音癸签》卷二十四:"六朝人诗用'镇'字,唐诗尤多。""盖有'常'之义,约略用之代'常'字。"扃,关闭。③亭亭:形容炉烟袅袅上升的样子。④辽阳:今属辽宁。这里是泛指边陲。⑤秣陵:今江苏南京。砧:捣衣石。⑥二毛:指白发。

【评点】 这是一首怀人词。春光明媚,花团锦簇,闺中人本应来到庭院内饱览春色。可朱门成天紧闭,闺中人足不出户,无心赏春,见出心情极度恶劣。相思至极,便想梦中一见,可梦也难成。愁苦又深一层。月下砧声阵阵,征人的消息依旧杳然。砧声不仅捣碎了思妇之心,更激起她对远在辽阳的征人的思念。因为明月既照在辽阳也照在家乡,由圆月自然想到要与征人团聚。将辽阳月与秣陵砧声两个空间跨度极大的意象组接在一起,精炼地写出了征人思妇的两地相思。就像唐人高适的《燕歌行》所写的:"少妇城南欲断肠,征人蓟北空回首。"虽然相互挂念,略感慰藉,但毕竟空闺独守,总是难熬。等到征人归日,彼此都已满头白发,大好的青春年华虚度,怎不叫人惊叹呢!从构思上看,上片是实景,分室内与室外两层。由外而内,依次展现。李璟毕竟是代人写愁,并没有真切的苦闷,因此词的意象色彩鲜明亮丽,不像李煜后期的词作色彩总是那么灰暗沉重。

下片是虚拟,空间转换大开大合,构成辽阔的意境。李璟生长于富贵,词也带有强烈的富贵色彩。像碧玉、锦绣、黄金装点出的豪华气派,似乎与普通征夫思妇的身份不太协调,而带有他自身生活环境的烙印。不过,晚唐五代词,不管是写平民还是贵族,都把居住环境写得富丽堂皇。炫耀富贵,是五代词人普遍追求的审美风尚。李璟此词正是这种时代风气的体现。

浣溪沙　李璟

　　手卷真珠上玉钩①。依前春恨锁重楼。风里落花谁是主,思悠悠。　　青鸟不传云外信②,丁香空结雨中愁③。回首绿波三楚暮④,接天流。

【注释】　①真珠:用真珠编织成的窗帘或门帘。②青鸟:传说是替西王母传信的鸟。见《汉武故事》。唐宋词中多用来代指送信的人。晁补之《安公子》词:"曾教青鸟传佳耗。"王之望《菩萨蛮》:"青鸟仍传信。"③丁香:花名。丁香的花蕾叫丁香结,常用来比喻心愁难解。李商隐《代赠》:"芭蕉不展丁香结,同向春风各自愁。"牛峤《感恩多》:"自从南浦别,愁见丁香结。"宋赵长卿《醉落魄》:"愁肠又似丁香结。"④三楚:泛指江南。三楚究竟指什么地方,各种说法不一。《史记·货殖列传》把战国楚地分为东楚、西楚、南楚,合称三楚。《汉书·高帝纪》"羽自立为西楚霸王"句注:"旧名江陵(今属湖北)为南楚,吴(今江苏苏州)为东楚,彭城(今江苏徐州)为西楚。"宋乐史《太平寰宇记》称郢(今湖北江陵)为西楚、彭城为东楚、广陵(今江苏扬州)为南楚,合为三楚。

【评点】　读词,不能满足于了解词句的字义,而应该发挥想象力,将词中的语言还原、再生成具体的形象、画面或场景。读李璟这首词，可以把词中的四个层次想象生成四组画面。第一组画面（开篇二句），写一位背影朦胧模糊的抒情人物举手慢慢地将真珠窗帘卷起挂在玉钩上，想推开窗户，透透空气。词中的抒情人物封闭在这重楼深院里太长久了。之所以说这位抒情人物"背影朦胧"，是因为此人连性别都难以区分。是男是女，很难判断。我们姑且把她想象成一位女性。她的"春恨"深沉持久，从前的春恨一直没有消解，至今还"锁"定在这密闭的重楼之中。一笔将过去和现在浓缩在一起，用笔极简练。"春恨"，既是一种伤春的时间意识，也是一种怀人的爱情意识。

第二组画面，是抒情人物眼看窗外风扫落花，花片飞舞，陷入沉思：谁能为花做主，让花儿主宰自己的命运，不再受风儿的摆布？女主人公由花的命运不由得联想到自身的命运。第三组画面，写空中掠过青鸟，青鸟却不带来女主人公期待已久的远方的音讯，庭院外细雨沥沥，雨中丁香千结，似愁心难解。这句紧承上片，因深闭重楼，许久见不到心上人，心中郁闷，心想如果能收到他问候的信也是一件幸福的事，可青鸟不传他的信，失望更增一层，因而见雨中丁香而觉愁肠千结不解。愁恨无益，所以说"空结"。"青鸟"二句，对偶工整，造语新奇，虚实结合。上句为虚，属想象之事；下句属实，为眼前之景。最后将意境宕开，想象江水横穿三楚，无边无际，愁思也随着绿波流向远方，是去追逐心上人，还是说愁心深长像江水一样不断东流？留待读者去思索。以景收束，往往可以收到言有尽而意无穷的效果。李煜《虞美人》的结句"问君能有几多愁，恰似一江春水向东流"，是比喻。而此处结尾则是写景，景中含情，有异曲同工之妙。

浣溪沙　李璟

菡萏香销翠叶残①。西风愁起绿波间。还与容光共憔悴，不堪看。　　细雨梦回鸡塞远②。小楼吹彻玉笙寒③。多少泪珠何限恨，倚栏干。

【注释】 ①菡萏（hàn dàn）：荷花的别称。②鸡塞：即鸡鹿塞，故址在今内蒙古磴口县西北保尔浩特土城。这里泛指边塞。③笙：一种管乐器。

【评点】 陆游《南唐书》记载，李璟很欣赏冯延巳《谒金门》的"风乍起，吹皱一池春水"。一次宴席上李璟与冯延巳闲谈，戏问延巳："'吹皱一池春水'，干卿何事？"延巳不假思索地回答："未若陛下'小楼吹彻玉笙寒'。"李璟听后很得意。因为这个故事，这首词就成了名作。名作往往有故事（又称本事），有了故事作品就会成为名作，也可以说是成了名作后常常有故事。名作与故事间的因果关系，是一个值得玩味的话题。

冯延巳是著名词人，他很欣赏李璟这句词，说它好，"小楼吹彻玉笙寒"自然就成了名句。经过名人首肯的句子，往往会成为名句。在宋代，人们把这种情况叫作"名人印可"。

一篇作品有了名句，自然会成为名篇，但并不是所有的名篇必定有名句。有的作品虽有名句，但并不是佳篇和完篇，即是说其中有一两句很好，但全篇并不怎么好。李璟这首词，既有名句，又是佳篇。真的是好。

上片写时光流逝，人面憔悴，但开篇不直接点明这层意思，而是用荷花的香销、荷叶的枯萎凋零这种极富形象性的画面唤起读者对时光流逝的具体印象和感受。小池里枯荷败叶零乱，西风（秋风）吹得碧波荡漾。词人不说西风"吹"起碧波间，也不说"荡"起、"生起"，而是用情绪化的"愁"起。西风哪有"愁"？自然是词中那位"倚栏干"的人，见荷花凋谢、秋光流逝而生愁。君不闻"多情自古伤离别，更那堪冷落清秋节"！与"韶光共憔悴"的是荷花，更是倚栏干之人。由"不堪看"，我们可以想象到词中的主人公是在小池边看着荷花荷叶香消玉殒，看着西风横扫碧波，她由荷花的凋零而联想到自身的命运，想到自我青春的无情流逝、容颜的无端憔悴。引发我们读者思考和联想的，可以是一种爱情意识，也可以是一种生命意识。

上片写白天户外情事，下片写夜晚室内情景。秋雨淅沥，伤心人本难入睡，好不容易进入梦境，追寻远赴塞外的心上人，却又被秋雨搅碎，无可奈何，只好起来独坐小楼，吹笙自娱，渡过这难熬的秋夜。楼内笙声袅袅，楼外秋雨渐渐,这极富声响效果的境界多么凄清、多么优美!乐曲一支又一支地弹奏完毕,而内心的孤独凄凉仍无法消解。她放下玉笙,走出楼外。词末用一特写镜头从外表到内心写倚栏人的愁恨。全词境界空灵,愁恨满腹,却始终不显露愁恨的原因,从而创造出可供读者自由生发和联想的艺术空间,每位读者可以根据自己的人生经历和审美体验去联想填充,是爱情失落之悲,还是理想失落之苦?人生本有许多难以消释和难以名状的苦闷。读这首词,也许会心有所感。

玉楼春　李煜

晚妆初了明肌雪①。春殿嫔娥鱼贯列②。笙歌吹断水云间,重按霓裳歌遍彻③。　临春谁更飘香屑。醉拍栏干情味切。归时休照烛花红,待放马蹄清夜月。

【注释】　①明肌雪:肌肤光滑晶莹如雪。②嫔娥:宫女。③霓裳:唐代著名舞曲《霓裳羽衣曲》的简称。遍:乐曲的段落。《新唐书》卷二十二《礼乐志》:"河西节度使杨敬忠献《霓裳羽衣曲》十二遍。"白居易《霓裳羽衣舞歌》自注:"《霓裳曲》十二遍而终。"彻:完毕;结束。

【评点】　唐五代词中,多的是愁苦郁闷之词,难见几首欢娱轻快之调。李煜此词,就是难得的一首"欢乐颂"。唐五代词,大多是因文造情,情和景都是应歌时虚拟想象的,很少有即景言情或即事言情的纪实性作品。而李煜这首词,却是一场大型宫廷舞会的实录,具有很强的纪实性和真实感。

上片选取舞会中最令人激动的两个亮点来表现,一写宫廷舞女的表演,一写音乐的演奏。一排排宫女从殿后闪亮登场,鱼贯而出,载歌载舞,优美异常。但更吸引李后主的不是婀娜多姿的舞步,而是宫女的漂亮,但见宫女个个肌肤雪白,浓妆初上,光彩夺目,令人眼花缭乱。《霓裳羽衣曲》原是盛唐时的大曲，安史之乱后曲谱失传。嗜好音乐的李煜得其残谱，经天资聪慧又善音乐的皇后周娥皇演奏，失传近百年的《霓裳羽衣曲》又重现人间，叫李后主如何不得意？所以在众多舞曲之中他独独钟情于"重按霓裳"。

下片写舞会结束，抒情主人公（应该是后主本人）兴犹未尽，出宫赏月。"醉拍栏干"的"醉"，不仅是酒醉情狂，还应该是因过度的兴奋而心醉、沉醉，得意忘形。他也不管帝王的身份，撕下矜持高贵的面具，狂拍栏干。读后主词，一个强烈的感受是"真实"，情真景真事真，很容易被他的情绪所感染。他痛苦，就痛快地宣泄，真实地倾诉；他快乐，也毫不遮掩，纵情开怀。全词境界一闹一静，开篇宫殿内灯火辉煌，宫女艳抹浓妆，结尾写春夜月下纵马，热闹后求清静。这后主真是个会调试生活节奏的会玩的主儿。

浣溪沙　李煜

红日已高三丈透。金炉次第添香兽①。红锦地衣随步皱②。　　佳人舞点金钗溜③。酒恶时拈花蕊嗅④。别殿遥闻箫鼓奏。

【注释】　①次第：依次。香兽：用香料做成兽形的炭。②地衣：像地毯。③舞点：狂舞到极致。溜：滑动。④酒恶：方言，指饮酒过量、似醉非醉时的感受。宋赵令畤《侯鲭录》卷八："金陵人谓中酒曰酒恶，则知后主词曰'酒恶时拈花蕊嗅'用乡人语也。"

【评点】　这首词也是写宫廷舞会，与上一首《玉楼春》不同的是，这是一场白日的舞会，而不是晚会。此词的着眼点不是宫女的漂亮和音乐的迷人，而是写舞女的舞姿、舞态。全词给人的感受是宫中一派狂欢气氛，可以想见帝王生活的奢靡，也可想见南唐在太平时节的繁华气象。红日三丈，已是上午。白日狂欢，可见后主这快活小天子是多么快活。跳舞佳人个个狂舞，看舞嘉宾人人酒醉，别殿也是箫鼓齐鸣，真是上上下下、里里外外都极乐狂欢。此词一句一景，就像是摇动的镜头，实录下一连串的画面。第一句是外景，"红日"高照，烘托出欢乐喜庆气氛。第二句是内景，见出宫廷的豪富气派。第三句写跳舞的场面，着眼于舞步。过片写舞女的舞姿舞态。"酒恶"句写看客的极乐。末句通过声响过渡，将镜头移到别殿，换位表现宫廷内日夜笙歌处处欢娱的气派。从伦理的角度看，这样的场面未免过分奢华。但从审美的角度看，又不能不承认这是美。场面壮观，表演者与看客都如醉如狂，很像今天歌星现场演唱会上的情景。

菩萨蛮　李煜

花明月暗笼轻雾。今朝好向郎边去。刬袜步香阶①。手提金缕鞋②。　　画堂南畔见。一向偎人颤。奴为出来难。教君恣意怜③。

【注释】　①刬袜：鞋子脱落只穿袜子叫刬袜。②金缕鞋：相当于"绣花鞋"，鞋面上有用金色丝线绣成的花样图案。③教（jiāo）：让；请。恣意怜：尽情地爱。相当于现在流行歌曲里的"让你亲个够"。

【评点】　李后主算不上好皇帝，却是一个优秀词人，有着艺术家的天真和坦诚。身为国主，连自己的恋爱故事也不隐瞒，公开写到词里让人传唱，这是多么坦率多情！也许是他觉得这场恋爱太惬意太美满，以至于情不自禁，跟情人约会之后就把约会的情景用词记录下来，作为刻骨铭心的永恒纪念。据马令《南唐书》记载，在大周后病重期间，后主就与她的小妹相恋。娥皇死后，后主娶她小妹为继室，世称小周后。这首词就是写他跟小周后婚前的一次约会。

词以第一人称的口吻，让小周后自述约会的过程，表现她的多情与主动。后主真诚坦率之中，也有狡狯的一面。他不说自己相约对方，而是说她对方如何主动大胆。在这场不太合乎当时伦理规范的恋爱之中，他似乎是被动的。当然，他们爱得非常真切。"恣意怜"，虽是出自女方之口，表达的却是双方的心理和意愿。名人的恋爱故事本来就吸引人，风流帝王的恋爱故事更有魅力。这首词的魄力，倒不仅仅是因为名人效应，艺术上也相当成功。几个细节和动作，就把人物写得活灵活现。手提绣鞋，划袜潜来，见出女子的谨慎心细，生怕被别人发现。"偎人颤"，传神地写出她与情郎见面时既紧张又惊喜的神态。词是专门抒情的诗体，但有些词抒情时隐含着故事，或者说是因事言情，在讲故事时表达情思。词中这种因事言情的手法，韦庄是最先使用的。他的《荷叶杯》上片回忆当年与情人约会的故事："记得那年花下。深夜。初识谢娘时。水堂西面画帘垂。携手暗相期。"把约会的时间、地点、过程交代得一清二楚。词中这类故事到底是讲词人自己的经历，还是别人的事情，虽然很难判断，但总有一种逼真感、现场感。这种像是亲身经历的感情故事更能引起读者听众的兴趣。到了宋代，欧阳修和柳永的词也常常使用这种手法，浓浓的情思中隐含着模糊的故事。

菩萨蛮　李煜

蓬莱院闭天台女[①]。画堂昼寝人无语。抛枕翠云光[②]。绣衣闻异香。　　潜来珠锁动[③]。惊觉银屏梦[④]。脸慢笑盈盈[⑤]。相看无限情。

【注释】　①蓬莱：海上仙山名。传说渤海中有蓬莱、方丈、瀛洲三座仙山，山上有仙人及长寿不死之药。见《史记·封禅书》。这里指女子的居所。天台女：传说东汉时刘晨、阮肇入天台山采药，遇仙女，留居半年，回到故乡，人间已过七世。见刘义庆《幽明录》。后用天台女指仙女。这里指与人约会的女子。②抛枕：女子睡觉时头发散开堆在枕头上。翠云光：形容头发乌黑发亮。翠云，犹言绿云。③潜来：偷偷地来；悄悄地来。④银屏：白色的屏风。⑤脸慢：形容脸蛋漂亮。毛熙震《女冠子》："修蛾慢脸，不语檀心一点。"慢，同"曼"，有柔媚艳丽之意。盈盈：形容美人灿烂的笑脸。

【评点】　此词写男女约会调情，也可能是写李煜与小周后婚前的恋爱情事。上片写女子在室内睡觉的情景。三、四两句，好像两个特写镜头，写女子和衣而卧，秀发散开，闪闪发亮；锦绣花衣上散发出阵阵异香，更增添了几分妩媚动人的情韵。下片写情人偷偷地打开门锁溜进来，惊醒了女子的好梦。床上女子一见情人不约而至，惊喜不已，笑逐颜开。两人相见，情意绵绵。此词刻画人物的动作、神态，生动传神。尤其是下片，颇具戏剧性和情节性。

菩萨蛮　李煜

铜簧韵脆锵寒竹①。新声慢奏移纤玉②。眼色暗相钩。秋波横欲流。　雨云深绣户③。未便谐衷素④。宴罢又成空。梦迷春雨中。

【注释】　①铜簧：这里指管乐器中铜制薄片，用以振动声音。锵（qiāng），象声词，形容管乐器的嘹亮。寒竹：指竹制的笙笛等管乐器。②移：演奏。纤玉：形容女子的手指纤细白嫩。③雨云：代指男女幽会偷欢。宋玉《高唐赋》写楚王梦中与巫山神女相遇，神女自称"旦为朝云，暮为行雨"。后世遂用云雨作为男女欢会的典故。④未便谐衷素：意思是未达到偷欢的目的。衷素，心事。

【评点】　此词写宴席上一位吹奏乐器的女子与一男子两情相悦的情事。开篇写乐曲嘹亮清脆，次写女子吹奏的情形。乐曲已深深打动了男子的爱心，而演奏的女子更是多情，一边演奏，一边暗中向钟情的男子丢媚眼，用现在的话说叫频频放电。下片写男子很想在内室向她求欢，但没有达到目的。男子想等到酒席散后再寻机会求爱，最终求爱的愿望又落空。只好彼此在梦中作幻想了。结句非常巧妙，既写景，又写出了怅惘若失的心情。这首词包含着一定的故事性，原本就很吸引人，再经过当时美妙的歌喉演唱，一定是魅力四射。晚唐五代时期，《菩萨蛮》是最流行最受欢迎的词调之一，唐宣宗就最爱听《菩萨蛮》。李后主三首《菩萨蛮》都是写爱情故事，也许与当时这种词调的流行性有关。

一斛珠　李煜

晓妆初过。沉檀轻注些儿过①。向人微露丁香颗②。一曲清歌，暂引樱桃破③。　罗袖裛残殷色可④。杯深旋被香醪涴⑤。绣床斜倚娇无那⑥。烂嚼红茸⑦，笑向檀郎唾⑧。

【注释】　①沉檀：一种名贵的香。宋贾奕《南乡子》："满掬沉檀喷瑞烟。"这里指色泽鲜明的深色口红。轻注：轻轻地涂抹。②丁香：又叫鸡舌香。颗：指花蕾。这里代指舌头。③樱桃：形容女性红润的小口。破：即开口。宋毛滂《清平乐》的"浅笑樱桃破"用法相同。④裛(yì)：沾污。殷色：深红色。可：不在乎、无所谓的意思。⑤香醪(láo)：美酒。涴(wò)：污染。⑥无那(nuò)：无法形容。⑦红茸：红色绒线。⑧檀郎：古代女子对所爱男子的昵称。

【评点】　这首词好似一部佳人口部特写集，从不同的角度描绘佳人的嘴巴。写佳人的面容，如果是静止的描写，容易呆板，难以表达佳人的风神意态。王安石的《明妃曲》就说过"意态由来画不成"，意思是说美人的神态气质是很难画出来的。如果仅仅是用几个新鲜比喻来形容佳人小嘴的漂亮，固然能给人留下一点印象，但很难传神。而后主此词，妙就妙在传神。而传神的关键在于他是结合佳人的动作神态来动态地刻画佳人口，使得这位佳人活灵活现。

全词由四个画面组成。第一幅画面，写佳人晨起梳妆抹口红。浓妆初成，已是风韵动人，再淡淡地在嘴唇上抹一点口红，衬得白脸蛋更加雪白亮丽。第二幅画面，展示佳人唱歌时的神情媚态。佳人先向檀郎微露舌头，丢个媚眼,然后敛气发声,引吭高歌,声音清脆甜美。第三幅画面,写佳人饮酒的情态。佳人有檀郎陪伴,芳心大悦,开怀畅饮。初举酒杯,佳人似略感羞涩,用罗袖掩口,沾擦了口红。继而深杯满饮,几杯过后,口红全被酒水弄褪了色。第四幅,也是全词的亮点,写佳人酒后娇滴滴地斜靠在绣床上,含情脉脉地凝望着檀郎,口中嚼着绒线,一边笑着一边把绒线向檀郎吐去。一"嚼"一"吐"两个口部动作,把个娇痴多情而略带醉意的美人活脱脱地描画了出来。

这四个画面,可以拍摄成四个MTV镜头,读者也可以想象成四个MTV镜头。词人用语言把人写"活"了,读者则要用想象把词中的佳人想象成一个娇态可掬的"活"人,这样读来才有味道。作者像是导演,这四个画面,角度虽不同,但都是围绕口部来安排"表演"的动作。作者又像是词中的"檀郎",佳人的形象、神态是从檀郎眼中一层层地展出。不妨作一个大胆的想象和假设,这檀郎就是后主本人,而那多娇多媚、能歌善饮的佳人就是他的小周后,也就是上首《菩萨蛮》里"偎人颤"的奴家。这种假设,虽然没有史料依据,但符合李后主的身份,情理上还说得过去。如果这假设能够成立,那么这首词可称得上是小周后的写真、玉照了。小周后长得如何,没有史料记载,凭借此词可以想象她的魅力。

阮郎归　李煜

东风吹水日衔山。春来长是闲。落花狼藉酒阑珊①。笙歌醉梦间。　　珮声悄②,晚妆残。凭谁整翠鬟③。留连光景惜朱颜。黄昏独倚阑④。

【注释】　①狼藉:零乱。阑珊:指酒意消失殆尽。②珮:同"佩",衣带上的装饰品。③整翠鬟:意思是梳头发。翠,绿色,形容头发的乌亮。鬟,盘发为髻。④阑:同"栏",指栏杆。

【评点】　这首词有的说是冯延巳词,又有的说是欧阳修词。这种词作互见的现象，在五代宋初时比较突出。冯延巳词、晏殊词和欧阳修词也经常互见。同一首词，或说是冯作，或说欧词，或说是晏词，难以分辨。这其中的原因，一是当时词作都是口头传唱，原本并不注意作者的"创作权"，在传唱传抄时作者的"署名"难免有误。二是晏殊、欧阳修等人都比较喜欢冯延巳和南唐词作，常常抄录南唐词，人们根据手迹，也很难分辨哪些是他们自己创作的，哪些是抄录别人的作品。分辨不清，有时就一并收录在他本人的词集里。最主要的原因，还是此期词作艺术风格比较近似，个性不鲜明，创作权容易混淆。这首词，宋人编录的《南唐二主词》已经收录，虽然不能完全断定是李煜作，但我们还是按文献学的基本原则，把它当作是李词。

　　此词写闺中的孤独寂寞，意境清丽淡雅。开篇意境开阔，好似一幅春日朝阳含山图。辽阔的湖面上东风吹拂，微波荡漾，一轮红日从湖畔远山上冉冉升起。"日衔山"，像是一个特写镜头，捕捉住了朝阳初升过程中刚刚露出山头时的辉煌壮观。"春"字点明季节，也暗示伤春的心理。"长是闲"，既是女主人公的生活状态，也是一种心理状态。闲而无事，最容易引发寂寞的情绪。"落花"句，由远景转入近景，"落花狼藉"，我们要想象出庭院内落花零乱的具体景象，同时也要体会到这句还在暗示春光流逝的迅速和环境的冷清"无人"。"落花"是主人公所见，"酒阑珊"，是主人公所感。酒意已尽，头脑清醒，回想着往事。"笙歌醉梦间"，有两种理解。一可理解为整个春天，闲而无事，一点歌舞音乐都没有，只有在醉梦中寻找到吹笙唱歌的欢乐。二可理解为过去成天笙歌相伴，快乐逍遥，而今欢乐不再，只有在醉梦中残留着一丝记忆。

　　结构上，上片是用倒叙的手法，写梦醒时的所见所感。下片写梦醒后的情态。主人公清晨醒来，对镜一照，发现晚妆凌乱。不说起来"整翠鬟"，而说"无人整翠鬟"，这是点明她此时处境的孤独。发觉发型凌乱，自然想要梳妆，平时都是别人（也许是她相亲相爱的丈夫）为她梳妆，而今却"无人"为她"整翠鬟"，心中自然升腾起一股失意和苦闷。结末二句，自我开解，还是好好地打发时光，爱惜自己的红颜，别让青春在苦闷中消逝，上楼去倚着栏杆看看风景，散散心吧。此词由早晨的"日衔山"写到"黄昏"，见出时间的进程。全词没有直接的情绪表达，直到最后一个"独"字，才让人感悟到全词都是在写主人公的孤独处境和孤独情怀。

谢新恩　李煜

秦楼不见吹箫女①，空余上苑风光②。粉英金蕊自低昂③。东风恼我，才发一矜香④。　　琼窗梦笛残日⑤，当年得恨何长。碧阑干外映垂杨。暂时相见，如梦懒思量。

【注释】　①"秦楼"句：传说秦穆公时，有个叫萧史的很会吹箫，穆公的女儿弄玉很爱他，并与他结婚。萧史教弄玉吹箫模仿凤鸣，不几年，弄玉就可以吹出凤声。凤凰纷纷飞到他的屋上。穆公为弄玉夫妇建凤台以居。又过了数年，夫妇俩乘凤凰飞仙而去。事见《列仙传》卷上《萧史》。所谓"秦楼"，即凤台。吹箫女，即指弄玉。②上苑：帝王游乐的园林。③粉英金蕊：泛指花卉。④矜：有的本子写作"衿"，同"襟"。作量词，唐宋词人常用来修饰数量不很明确的情绪和自然现象。如"一襟风露""一襟风月""一襟愁绪"等。北宋贺铸的《菱花怨》"一襟香在"与李煜此处的用法相同。"一矜香"相当于"一缕香"。⑤琼窗：精致富丽的窗子。

【评点】　这首词似乎包含着一个故事，一段短暂而铭心刻骨的爱情经历。也许是一次意外的相见而引发的单相思，从词中所写"上苑风光"来看，好像有着李煜本人的影子，或许就是他本人的一次爱情体验。开篇写追忆，当年曾见到的那位多情而又多才多艺的女子现在不知身在何方。也许他们的相识就是在上苑里。重游上苑，再不见她的倩影了，可风光依然是那么明媚，主人公不禁生发出"人面不知何处去，桃花依旧笑东风"的惆怅。"粉英"三句，续写"风光"。上苑里，春花盛开，白花黄蕊，各自在枝头颤袅，向人展示着她的美丽与辉煌。东风更是不解人意，在主人公心情烦闷的时候，故意送来一阵花的幽香。他的心头一颤，这香仿佛与她当时身上散发出来的一样，令人沉醉和向往。一顾一嗅，都令人回忆起她那美丽动人的倩影。

回到室内，心头仍抹不去那爱情的失落感。日暮时分，残阳西下，主人公倚窗吹笛，但吹不散如梦似幻的相思。一刻的情缘，惹下一生的相思。神思恍惚中，主人公的思绪又回到了垂杨掩映下的碧阑干外，那是两人"携手暗相期"的地方。读"碧栏干外映斜阳"句，我们脑海里可想象出一栋别致的小楼房，楼外杨柳高耸入云，绿荫覆盖。绿荫下一对恋人携手而至，悄悄私语。这个镜头是回忆，接着的镜头是怅然若失的主人公的自白：与其当时片刻的相见，还不如不见的好，算了吧！爱情如梦，懒得去想她！嘴上这么说，心头的相思苦其实并没有消除，套用李清照"才下眉头，又上心头"的说法，此词的主人公可说是相思苦才出嘴边，又上心头。

谢新恩　李煜

樱花落尽阶前月[1]，象床斜倚薰笼[2]。远是去年今日恨还同。　　双鬟不整云憔悴，泪沾红抹胸[3]。何处相思苦，纱窗醉梦中。

【注释】　①樱花：指樱桃花。李煜的另一首《谢新恩》即直言樱桃："樱桃落尽春将困。"《临江仙》词也说："樱桃落尽春归去。"②象床：象牙雕饰的床。薰笼：香炉上盖着的笼子，以熏衣被。③抹胸：俗名"兜肚"，系在胸前的小衣。

【评点】　此词写一女性对所爱男子的相思，与前一首写男思女不同。开篇是一个朦胧凄迷的艺术境界。入夜，庭院里月光融融，台阶前樱桃花洒满一地。女主人公漫步庭院，心情应该是非常轻松愉快的。可樱桃落尽，意味着春光流逝，她想起了远游的爱人至今未归，相思之情不由袭上心头。于是转回室内，斜靠在晶莹透亮的象牙床的薰笼上，痴痴地看着炉香袅袅升起，思绪也像炉香一样飘忽不定。去年的今日，也是这般苦苦的思恋，今年今日的苦闷相思又比去年沉重急切。本能欲望的煎熬与精神的苦恋使她容颜憔悴,连乌黑飘逸的秀发也变得枯黄而没有亮泽。女为悦己者容,爱人不在身边,她也懒得去梳妆打扮,相思的苦泪浸湿了红兜肚也无心擦拭。"双鬟不整"的形态描写,反映出女主人公内心的痛苦与麻木。由相思而想相见,相见不成而想在梦中相会。然倚窗而梦,梦中仍是音讯杳然。原以为梦中能稍得安慰,可梦中也见不到心中的他,苦闷又加深一层。所以主人公深深地感叹:"何处相思苦,纱窗醉梦中。"

采桑子 李煜

亭前春逐红英尽[①],舞态徘徊[②]。细雨霏微。不放双眉时暂开[③]。　　绿窗冷静芳音断[④],香印成灰[⑤]。可奈情怀[⑥]。欲睡朦胧入梦来[⑦]。

【注释】　①春逐红英尽:春光随着落花一起消逝。红英:红花。②舞态:形容落花随风飞旋飘舞的样子。③"不放"句:意谓终日愁眉不展。④芳音断:佳音断绝;一点消息也没有。⑤香印成灰:指香已烧尽。香印,把香料研为细末,印成回纹图案,然后燃烧。王建《香印》:"闲坐烧香印,满户松柏气。"⑥可奈:怎奈;难忍。⑦"欲睡"句:想蒙眬入睡后爱人能来梦中与自己相会。

【评点】　词写闺怨。上片写户外景,细雨纷飞,红花飘零,创造出一凄凉感伤的情绪氛围。春光流逝本是自然规律,但用一"逐"字,仿佛春天有意追随落花溜走,写出了春光飞逝的快速。双眉紧皱,本是静态的形象,但用"不放"二字,好像是故意不让双眉有片刻的舒展,这比静态的描写更富有诗意和韵味。过片写情人书讯断绝,紧承上片,申述愁眉不展的原因。下片写室内情景。印香燃尽,表明时间过了很长,心情仍然沉重,难以摆脱相思的苦恼。爱人久不传音讯,女主人公便想入睡后也许能与他在梦中相会,真个是情深情痴。唐五代词里写相思情,有一定的"模式":往往是离别后生相思,由相思而盼望对方的音讯,如果音讯杳然,就期盼在梦中相会。梦中可能相聚，也可能仍然不见。写梦的手法又多种多样，我们在后面的词中再领略词人的各种高招绝技。后主这首词，写到梦中就戛然而止。"入梦来"，是写心上人已然入梦，还是一种期待，读者可自作判断。结尾如果说得太明白，固然可以满足读者的好奇心，但没有了余味，没有了想象的空间，也就丧失了艺术的张力。

采桑子　李煜

辘轳金井梧桐晚①，几树惊秋。昼雨新愁②。百尺虾须在玉钩③。　　琼窗春断双蛾皱④，回首边头⑤。欲寄鳞游⑥。九曲寒波不溯流⑦。

【注释】　①辘轳：井上的汲水工具。金井：井边的井栏。②昼雨：白天下的雨。③虾须：指窗帘。唐陆畅《帘》："劳将素手卷虾须，琼室流光更缀珠。"④琼窗：精致华美的窗子。双蛾：双眉。古代将女子漂亮而修长的眉毛称为蛾眉，有时将蛾眉省称为蛾，故双眉又可称双蛾。⑤边头：犹言边塞、边远之地。⑥鳞游：指书信。传说鲤鱼可以传书，故称书信为鳞游或鱼信。古乐府《饮马长城窟行》："客从远方来，遗我双鲤鱼。呼童烹鲤鱼，中有尺素书。"古人常以尺长的绢帛写信，故又称书信为尺素。⑦不溯流：不能逆流而上。

【评点】　此词写相思，表现手法与前一首相似。不过前一首是写春思，此首写秋思，季节时令不同。又此词的抒情主人公是怀念征夫的思妇，前一首主人公的身份则比较模糊。此词上片写户外之景，营造抒情氛围。说树入秋而心"惊"，昼雨含"愁"，都是主观情感的外化。实质是人见秋风吹落树叶而心惊，见秋雨而生绵绵不断的新愁。宋代秦观《浣溪沙》词的"无边丝雨细如愁"，词意与此相似，只是说得更明白。

从构境上说，歇拍（上片的结句叫"歇拍"，下片的起句叫"过片"）的窗帘并不仅仅是一种陈设道具，而是将户外景与室内人联结在一起的媒介。窗帘垂挂,隔不断室外雨声对寂寞心灵的撞击。过片"春断"之"春",不是指季节,而是象征美好的事物或理想的失落。闺中思妇独守琼窗,青春白白地在寂寞的守望中流逝,看不到希望,也找不到生命的亮点,连与爱人长相厮守这种最基本的人生愿望都无法实现和满足。她眉头紧皱,是失望的表现,更是心酸的流露。回想边塞征人,连年在外,已久无音讯。于是思妇想寄书问候,可山重水隔,音讯难通,她永远只能在孤独和寂寞中守望等待。主人公哀而不怨,读后不能不对她的命运一洒同情之泪!

长相思　李煜

云一䯼[1]。玉一梭[2]。淡淡衫儿薄薄罗。轻颦双黛螺[3]。　　秋风多。雨相和。帘外芭蕉三两窠[4]。夜长人奈何。

【注释】　①云:指头发。䯼(guō):旋转盘结的发髻。②玉一梭:指插在发髻中形状像梭子的玉簪、玉钗之类的首饰。③黛螺:做成螺形的用来画眉的青绿色颜料。此处代指眉。④窠:同"棵"。

【评点】　用反跌法写闺怨相思,是这首词的一大特点。初读开篇三句,情调悠扬轻快,以为抒情主人公是一位风姿绰约、正沐浴着爱情春风、吸吮着爱情甘露的得意之人。岂料第四句突转,原来她紧锁眉头,是内心压抑苦闷的失意者。情调一变为凄婉,从而收到奇峰突变的审美效应。如果说温庭筠的《菩萨蛮》(小山重叠金明灭)等词像是油画,浓墨重彩,那么李后主这首词就是素描。开篇几笔勾勒,就勾画出抒情主人公的愁苦形象和令她加倍伤感的时空环境。虽然温庭筠爱浓色,后主爱淡彩,但后主还是受过温氏的影响。本词下片的构思、意境就与温庭筠《更漏子》的下片"梧桐树,三更雨,不道离情正苦。一叶叶,一声声。空阶滴到明"有神似之处。

注意人物的造型,是此词的又一特色。词人抓住女主人公的发型和服饰创造出两大亮点。"云一䯼"的发型,虽然我们现在无法想象具体的样式,但在当时肯定是一种时髦的发型。"淡淡衫儿薄薄罗"的衣着,也能让人想象女主人公天然的风韵和青春的活力。当代的流行歌曲不太重视刻画抒情人物的形象,形象感不足。唐宋词写人物形象的艺术,实可以给当代歌词的创作提供一些有益的借鉴。

喜迁莺　李煜

晓月坠,宿云微①。无语枕频欹②。梦回芳草思依依③。天远雁声稀。　　啼莺散,馀花乱。寂寞画堂深院。片红休扫尽从伊④。留待舞人归。

【注释】　①宿云:夜云。②枕频欹:斜靠在枕上,翻来覆去。③芳草:比喻所思恋的女子。牛希济《生查子》:"记得绿罗裙,处处怜芳草。"④片红:指凋落的花瓣。尽从伊:听其自然;一切由它。

【评点】　此词写待人不归的相思情。虽然镜头频换,但意境完整。开篇两个镜头,既写户外之景,又点明时间:晓月初坠,夜云淡散。接着镜头切入室内:床上主人公沉默不语,斜倚枕上,辗转反侧。室内室外两组镜头叠映之后,生发出新的意蕴,表明主人公彻夜未眠。前三句为实景,下面两句为虚景,画面转入朦胧梦境:主人公情意绵绵地沿着芳草地追逐心上人。但天远地长,人既不见,连鸿雁的叫声也渐渐稀少。传说大雁可以传书,鸿雁飞来,也许会带来心上人的书信,带来希望和慰藉。而鸿雁远去,留下的仍然是失望。

下片又转入实景,分别从听觉和视觉形象构境。户外黄莺婉转歌唱,搅碎了清梦。结构上似断实连,过片的莺声破梦,自然而巧妙地将上下片情景衔接成一个整体。花乱,是主人公开窗所见之景,又象征性地写出主人公心情的凌乱失望。"寂寞"句,镜头在室内和深院来回闪现,展现的尽是空荡与寂寞。"片红休扫",表现出主人公的失望和忧怨,自己既无人关爱,哪管它花落与花开?结句又充满着希望和期待,可谓哀而不伤。

蝶恋花　李煜

遥夜亭皋闲信步①。乍过清明②,早觉伤春暮。数点雨声风约住。朦胧淡月云来去。　　桃李依依春暗度。谁在秋千,笑里低低语。一片芳心千万绪,人间没个安排处。

【注释】　①遥夜:长夜。皋:水边洼地。闲信步:随意漫步。②乍过:刚过。

【评点】　此词将伤春的生命忧患与怀人的爱情苦闷打成一片。突出的特点是用反衬法,荡秋千者的欢声笑语、无忧无虑,反衬出抒情主人公的相思之苦。"一片芳心",人间竟没个"安排处",可见愁极苦极。辛弃疾《鹧鸪天》的"闲愁做弄天来大",可与此相互参照。

此词的一大亮点,则是歇拍二句的写景。本是雨过天晴、淡月升空的平常之景,后主写来却如诗如画。不说春雨停止,而说是"风约住",意味深长。人本来就觉得春光流逝得太早太快,而雨摧百花,春光就更显迟暮。春风邀约细雨停歇,好像是有意要延长春光的美丽。这就写出了春风的多情和善解人意。雨过天晴,明月初升,而云彩在空中来回流动,时而遮住月光,又时而放出月色,自由飘逸的景色让寂寞沉重的心情松弛了许多。"朦胧淡月云来去"七字准确地描绘出云与月的流动变化。北宋张先的名句"云破月来花弄影",神理上似与后主此句有渊源关系。

渔父　李煜

浪花有意千里雪,桃李无言一队春①。一壶酒,一竿身。世上如侬有几人②。

【注释】　①桃李无言：语本《史记·李将军列传》："谚曰：桃李不言，下自成蹊。"原意是说桃树李树不会讲话，凭着花和果实，自然能吸引人们在树下走成一条路。比喻只要诚心实意，自然能感动他人。这里是用字面上的意思，指桃李默默地开花。一队：一排；分列成行。②侬：我。

【评点】　词史上最早写《渔父》词的，是唐代的张志和。张志和有《渔父》五首，其中最有名的是第一首："西塞山前白鹭飞，桃花流水鳜鱼肥。青箬笠，绿蓑衣。斜风细雨不须归。"自从张志和写了《渔父》词后，五代宋人群起仿效。与张志和同时的文人，唱和了十五首（详见曾昭岷等编《全唐五代词》）。五代的李珣、宋代的苏轼、黄庭坚、陆游等著名词人也都写过《渔父》词。最有意思的是宋高宗赵构也写了十五首《渔父》词。唐宋词坛上形成了有趣味的"渔父现象"。值得注意的是，词里的"渔父"，并不是地道的风里来浪里去辛辛苦苦打鱼的渔民，而是隐士的化身。词人写渔父，羡慕的是渔父的无拘无束、任性逍遥、自由潇洒。渔父不受任何约束，想到哪就能到哪，谁也管束不了他。这对于在官场的士大夫来说，特别值得羡慕。文人爱自由，可是在官场里，就失去了自由。渔父是在江湖里活动，而在士大夫眼中，江湖是自由的天地，是与官场、朝廷相对的一种独立的社会空间，所以文人士大夫总是把渔父的生活想象成独立自由的理想境界。只有范仲淹的诗《江上渔者》："江上往来人，但爱鲈鱼美。君看一叶舟，出没风浪里。"是写地道的渔民，同情渔民的辛苦。

李煜这首词，继承的是张志和的"渔父家风"，写渔父的快乐逍遥。开篇选取两个场景来表现渔父的生活环境，一是江上，千里浪花翻滚如雪，一望无际，境界阔大。浪花翻滚，本是"无意"，而词人说"有意"，就写出了渔父与大自然的亲和感。江涛有意卷起雪浪来娱乐渔父的身心，衬托出渔父心情的快乐轻松。岸上，一排排的桃花李花，竞相怒放，把春天妆点得十分灿烂。江上岸中所见，尽是美景。接着写渔父的装束和生活，身上挂着一壶酒，手里撑着一根竿，想到哪就把船撑到哪里，想喝酒随时都可以喝上几口，高兴了就唱一首渔父歌，多自由，多快活！这世上像我这样的自由人，能有几个。结句以第一人称的口吻写出,实是作者对渔父的羡慕,就像王维《渭川田家》诗里所说的"即此羡闲逸"。词中有人有景,形象鲜明,只是结句略嫌直露了一点。

在李煜以前,诗人用雪来形容浪花的,似乎只有唐代孟郊的《有所思》:"寒江浪起千堆雪。"词中首次以雪来形容浪花的是李煜此词。宋代柳永《望海潮》有"怒涛卷霜雪"之句,苏轼《念奴娇·赤壁怀古》也有"卷起千堆雪"的名句,各尽其妙。但彼此间的继承关系也很清楚,苏轼的词句明显是融化了孟郊诗意和柳永词意,其中似乎也有李煜词的影子。

渔 父 李煜

一棹春风一叶舟①,一纶茧缕一轻钩②。花满渚③,酒盈瓯④。万顷波中得自由。

【注释】 ①棹(zhào):船桨。②茧缕:丝线。③渚:水边的凹地。④瓯(ōu):盛酒的陶器。

【评点】 这首《渔父》词写来与前一首不同。前一首着重写渔父的快活,这一首写渔父的自由。词中连用四个"一"字而不避重复,是词人有意为之,为的是强调渔父一人的独立自由。我们可以想象渔父驾着一叶扁舟,划着一只长桨,迎着春风,出没在万顷波涛之中,何等潇洒自在。时而举起一根丝线,放下一只轻钩。轻钩无鱼,他也不在乎,渔翁之意不在鱼,在乎山水之间也。时而举起酒壶,看着沙洲上的春花,心满意足地品着美酒。宋代欧阳修晚年自号六一居士,他家藏书一万卷,集录金石遗文一千卷,有琴一张,有棋一局,置酒一壶,加上他一个老翁,所以自号六一。李煜词中这位渔父,也可以称六一渔父:一叶舟,一只桨,一纶丝,一只钩,一壶酒,一个渔翁。李煜这两首词,写来情调悠扬轻松,应该是亡国前所作。

据宋刘道醇《五代名画补遗》记载,李煜这两首词是题画词,原画名

《春江钓叟图》。这两首词,也有画境。可惜原画已失传。要是原画也流传下来,既能让咱们一饱眼福,看看五代的名画,又可以体会词画相得益彰的妙处,也可以判断李词是否传达出了原画的精神。

捣练子令　李煜

深院静,小庭空。断续寒砧断续风①。无奈夜长人不寐,数声和月到帘栊②。

【注释】　①砧(zhēn):捣衣石。此指捣衣声。②帘栊:挂有帘子的窗户。栊,窗格子。

【评点】　此词咏调名本意,写捣衣声,而着眼点则是写失眠人。艺术上最大的特点是通过声响来营造意境。先铺垫深院小庭的空旷宁静,其次写远处传来砧声和风声,然后写砧声风声对主人公情绪的影响。院静庭空,捣衣声更显清晰响亮。此动静相生之理,与"蝉噪林逾静,鸟鸣山更幽"相通。寒砧越响亮,风声越凄厉,失眠人就更难堪。层层递进,因果关联。结句又将声响和视觉形象结合起来描绘,拓展出新的艺术空间。结句如果写成"数声阵阵到帘栊",词意基本不变,但艺术境界就单调了许多。"数声和月到帘栊",加上一道月光穿透窗栊,不仅增添了一道景色,而且暗示了主人公闻声望月、见月思乡怀人的心理过程,使有限的语言蕴含着尽可能丰富的情思。寥寥二十七字,就创造出一个完整浑成的有人有情有景有声的艺术境界,不能不钦佩后主构思的绝妙和艺术的娴熟。末二句,可与李白《静夜思》对读,两相对照,倒觉得太白诗少了点声响效果。

望江梅　李煜

闲梦远，南国正芳春①。船上管弦江面绿②，满城飞絮滚轻尘③。忙杀看花人。

【注释】　①南国：指江南。②管弦：管乐器和弦乐器。泛指音乐。③飞絮：飞扬的柳絮。滚轻尘：车尘滚滚。形容游人如织、车水马龙的游乐盛况。

【评点】　此词与下一首当是后主被俘入宋后所作，分别回忆江南春秋景致。如身在江南，不必借助梦境来写身边之景。而在北方梦忆江南，自然是"梦远"。失落的总是美好的，何况江南风物本来就美丽如画，李后主怎能不魂牵梦绕？

此首写江南春景，艺术的匠心主要体现在景物的选择和画面的布置上。如果泛泛地说江南春景美丽动人，既不能给人留下鲜明深刻的印象，也缺乏打动人心的艺术力量。更何况白居易当年还写过名作《忆江南》："江南好，风景旧曾谙。日出江花红胜火，春来江水绿如蓝。能不忆江南。"艺术是不宜重复的，后主当然不能再着眼于江花江水的描写。于是，他选取两个场面着力描绘江南春日的狂欢气氛。以江南特有的澄江绿水作背景，以画船传出的阵阵嘹亮的乐曲描绘湖上的热闹，以滚滚轻尘来烘托城里车马如潮、游人如织争相外出赏花的盛况。"船上管弦"，可令人联想到北宋柳永《望海潮》词中"羌管弄晴，菱歌泛夜，嬉嬉钓叟莲娃"的情景。两个场景突出的是一个主题：江南社会的繁荣与人心的安乐。而后主则是借往日的狂欢来抚慰今日心灵的伤痛。也许写此词时他在想当年南唐在他的治理下国富民乐，他也曾"与民同乐"，内心不禁生发出一丝丝自豪感和成就感。可好景不长，如今自身既沦落为囚客，江南好景也成过眼烟云。不知此时后主是在忏悔，还是在反思？也许他既不知忏悔，也不知反思亡国的原因。他只是留恋过去的欢乐，而悲叹眼前的痛苦。

望江梅　李煜

闲梦远，南国正清秋。千里江山寒色远，芦花深处泊孤舟。笛在月明楼。

【评点】　这首词像一幅清疏淡雅的山水画。"千里江山"是远景；满湖芦花，孤舟停泊，是近景。月下楼中吹笛，是画面的主体。船泊芦花深处，体现逍遥自在；月夜吹笛，笛声悠扬，则尽显风流潇洒。"自古逢秋悲寂寥"，而此词盛赞江南秋色，因为这是后主被俘入宋的追忆和回想，借梦中的美景来补偿已失去的欢乐。正是"梦里不知身是客，一晌贪欢"。作者深层的创作心理须深入体会。

读词，还要有想象力，要把词中的语言符号想象还原成具体的画面，仅仅是把字面的意思理解清楚了，还不能说是真正领会了原作的意境。比如，"江山"二字，意思最简明，但不能仅仅理解为抽象的江水和山峰，要把"千里江山"想象成在辽阔无际、奔腾东去的大江两岸，群峰起伏、叠嶂绵延的景象，就像王安石《桂枝香·金陵怀古》词所写的"千里澄江似练，翠峰如簇"。如果再深入一步，还可以想象群山倒影映照江面，近处山峰青翠欲滴，远处山峰若隐若现的景致。同样的，"芦花深处泊孤舟"，也要想象成具体的画面。结句，则要想象出天空中明月高悬，江边高楼耸立，明月笼罩江楼，楼影倒映江面，楼中有人对月吹笛。悠扬的曲声回荡在静谧的江畔，让人心旷神怡。读词读到这一步，才算初步领会了词的意境和韵味。

望江南　李煜

多少恨，昨夜梦魂中。还似旧时游上苑[①]，车如流水马如龙。花月正春风。

【注释】 ①旧时：指在南唐当国主之时。上苑：古代帝王游猎的园林。此指南唐的宫苑。

【评点】 后主入宋后所作词的"时态"，往往只有现在时和过去时，而没有将来时，因为他对未来已不抱有任何的希望。现实中只有痛苦，唯有通过回忆往日的欢乐才可获得一丝慰藉。这首词就是借梦境回忆往日在江南畅游的欢乐。身为国主，游赏皇家园林时，那真是快乐逍遥。臣子嫔妃前呼后拥，随从车马四周环卫。他时而骑马逐猎，时而挥笔赋诗，一展才情，说不尽的得意，写不完的威风。"花月正春风"，不仅仅是写季节，写风光，主要是表现一种欢娱得意的精神状态。哪知这一切，尽成梦境。"多少恨"三字，咬牙切齿般的吐出，包含了多少遗憾、多少悔恨和多少无奈！

后主的人生悲剧，咎由自取，原本没有多少值得同情的成分，但当他将自我真实的人生悲剧变成艺术化的人生悲剧之后，就不能不令人同情和感叹。如果将词人的身份与词中的抒情主人公剥离，我们在词中体会到的是一种幸福生活、美好往事的失落与被剥夺。每个人都曾经拥有过幸福，都会有值得回忆留恋的往事，也都会有幸福的失落与人事的变迁。正因为人生的遭遇有着相同的一面，所以我们读后能够引起心灵的共振和情感的共鸣。如果读者有着类似的人生境遇，情感的共鸣会更加强烈！

望江南　李煜

多少泪，断脸复横颐①。心事莫将和泪说，凤笙休向泪时吹②。肠断更无疑。

【注释】 ①断脸复横颐：形容脸上泪水纵横的样子。颐：面颊。②凤笙：管乐器。笙身做成凤形，故称凤笙。

【评点】 后主被俘入宋以后，天天都是以泪洗面。他的伤心事太多：昔日帝王的威风与尊严彻底丧失且不必说，现在连一个普通人都拥有的人身自由也被剥夺，生命安全更没有保障，随时都有被害死的可能。作为丈夫，李后主更有难言的屈辱：他的妻子小周后常常被宋太宗强迫进宫去陪侍。眼睁睁看妻子被凌辱，既不敢言也不敢怒，伤心屈辱的血泪只能往肚子里流。作为一个男人，这是何等的痛苦！但他无力抗争，也无法摆脱这残酷的现实，他只有用泪水来洗刷心头的剧痛。此词连用三个"泪"字而不避重复，也不嫌重复，意在突出表现他的生存状态是用泪水浸泡着的。满腹"心事"不说也无法说，凤笙不吹也无心吹，表达出一种深沉的绝望。后主入宋后的词常常是绝望的哀鸣。这首词就可见一斑。

此词以内心独白的方式表达无穷的哀感和难言的隐衷，真切而沉痛。开篇是自画像，已见沉痛难耐。满腹的痛苦想对人倾诉，可无人倾听，也无从诉说，于是自我告诫：别说了吧，说也无用。人有痛苦，需要交流，需要宣泄，需要排解。既无人倾听，那就吹笙用音乐来排解吧，可笙声又怎能排解得了这沉重的孤独！作者在内心的独白中表现出曲折的心理活动，在不断地自我否定内心愿望的过程中展现他的人生悲剧，艺术上堪称绝妙。南宋辛弃疾《丑奴儿》说："少年不识愁滋味，爱上层楼。爱上层楼。为赋新词强说愁。如今识尽愁滋味，欲说还休。欲说还休。却道天凉好个秋。"辛弃疾"欲说还休"的心态，与李后主的"心事莫将和泪说"颇有相通之处。

乌夜啼[①]　李煜

无言独上西楼。月如钩。寂寞梧桐深院锁清秋。

剪不断。理还乱[②]。是离愁。别是一番滋味在心头。

【注释】　①此词一说是后蜀孟昶作。但艺术风格更接近李后主，所以大多数选本还是录作李后主词。②还（xuán）：立即；随即。

【评点】　此词的"离愁"，沉重哀伤，不会是单纯的男女间的离愁别恨，而应该包含着深沉复杂的人生痛苦。宋黄升《唐宋诸贤绝妙词选》卷一说"此词最凄婉，所谓'亡国之音哀以思'"，就是将此词理解为亡国之痛。后主被俘入宋后,有着随时被害的死亡威胁,有着故国难归的亡国恨痛,有着眼睁睁看妻子被凌辱的耻辱,有着昔为君主今为囚徒的强烈反差,这些感受交织于胸,痛苦得近乎麻木,很难分辨此时此刻究竟是因为什么而悲哀烦恼,除了"剪不断,理还乱","别是一番滋味在心头",真是无法形容。此词的抒情主人公是一位沉默寡言人,深院"锁"住的不只是深秋的寒意,更是内心深处无法倾诉的深哀剧痛。词中所透露出的心态与上一首基本相同。

李后主的构形能力特别强,三言两语就勾勒出一种境界,就像高明的画家,几个线条就勾勒出一幅画面。"无言"而"独上"西楼,既见孤独,又从内心到处境双重地写出异常沉重的孤独感。"月如钩"两句,从视线上看,是俯仰天地,有呼天问地之势。从意境上说,天上如钩的残月,地面深院的清秋梧桐,构成一立体的时空境界。"锁"字用法精警,含意深长,既见出环境封闭的严酷,又写出内心的高度压抑。无边的悲苦长期积郁封闭在心头,故接着说"剪不断,理还乱",就显得特别的真切自然。就像李清照《声声慢》词结句"这次第,怎一个愁字了得"一样,直抒坦陈之中觉得有无限的曲折。这是压抑太久、郁结太多的愁思的迸发,因而具有震撼人心的艺术力量。

词体艺术的魅力,首先来自于弥满的真情。有真情深情,无论艺术的表达方式是曲折还是直露,都能感人。

乌夜啼　李煜

林花谢了春红[①],太匆匆。常恨朝来寒重晚来风。

胭脂泪[②],留人醉,几时重[③]。自是人生长恨水长东。

【注释】　①谢:指花枯萎凋落。春红:即春花。②胭脂泪:指雨中落花。从杜甫《曲江对雨》诗"林花着雨胭脂湿"句化出。③重

(chóng)：重现。指花再开。

【评点】　此首表面上是惜花词，实质是人生命运的咏叹调。春花易逝，而人生苦短。春花受寒雨凄风的无情摧残而无法逃避，人一旦失去自由、受人宰割，也是无法掌握自己的命运。花落难再开，人的生命时光、青春年华也不可能重复。后主从自己的人生经历中已深切地感受到人的生命其实跟花一样脆弱、跟花一样无奈。"人生长恨"，是后主对人生命运的深刻感悟。其词永恒的魅力也正在于能超越个人的痛苦而升华到对整个人类痛苦的体验和揭示。

此词在传统的伤春主题上开拓出了新的思想意蕴。后主感觉到，春花的匆匆凋零，不是它的自然寿命原本短暂，而是外力摧残的结果，即寒潮风雨的迫害打击。由此他朦胧地感悟到人生命运的悲剧，也是外在的力量所造成。当然李后主不可能反省到他自我悲剧的根本原因，也不可能想到他自己该负什么责任。春花美丽，让人心醉，可终归消失，枯萎凋零后就不再重现旧时原有的辉煌。李后主又由此领悟到人生的辉煌、幸福的命运也总是一去不复返，人生到头来留下的是无穷无尽的"长恨"。人生长恨好像水长东流，不可改变，不可抗拒。李煜为此困惑迷茫。他找不到人生的出路，不知路在何方。

乌夜啼　李煜

昨夜风兼雨，帘帏飒飒秋声[1]。烛残漏断频欹枕[2]，起坐不能平。　世事漫随流水，算来梦里浮生。醉乡路稳宜频到，此外不堪行。

【注释】　[1]帘帏：指窗帘。[2]漏断：即壶水漏尽。古代用铜壶滴漏来计时，壶水漏尽，表明夜尽更深。

【评点】　此词表现的是后主对人生的感悟。艺术特点是，情境和谐，细节传神。上片以倒叙的方式开篇，写"昨夜"风雨交加，风声雨声树声等

"秋声"阵阵传入帘内,构成一种凄凉的氛围。"烛残"二句由室外景转入帘内景。室内残烛摇曳,光线昏暗,夜尽更阑时分,主人公还在枕上翻来覆去,表明他彻夜未眠。失眠人情绪本来就烦躁,而窗外的秋风秋雨,仿佛点点滴滴都在敲击着失眠人的心头,更增苦楚。心头的烦闷无法开解,"起"来挥之不去,"坐"下也无法平静。"起坐"两个细节动作传神地写出失眠人无法平静的心境。

下片转入沉思。回想人生世事,往日的南唐帝国早已是土崩瓦解,自我曾经拥有的一切辉煌、幸福都被剥夺。这人生世事,有如流水不返,好似梦境虚无。所谓"梦里浮生",就是后来北宋苏轼所说的"人生如梦"。梦的特点有三,一是短暂,二是易变,三是不可把握。所谓"梦里浮生",是对人生命运的短暂性、易变性和不可把握性的概括。后主对人生命运的悲剧性和悲剧的不可避免性有着深刻的体验,他后期的词作都是从心灵深处弹奏出的一支支人生悲歌。他对未来早已失去信心,在现实中找不到解脱、超越痛苦之路,只好遁入醉乡求得暂时的麻醉和忘却。意识到人生的悲剧,但无法改变自己的人生悲剧,是李煜最大的人生悲剧。

虞美人　李煜

风回小院庭芜绿。柳眼春相续①。凭栏半日独无言。依旧竹声新月似当年。　　笙歌未散尊前在。池面冰初解。烛明香暗画堂深。满鬓清霜残雪思难任②。

【注释】　①柳眼:柳叶初生时形态似眼,故称柳眼。李商隐《二月二日》:"花须柳眼各无赖。"②清霜残雪:形容头发花白。任:忍受;承受。

【评点】　这首词是怀旧之作,词意比较朦胧,与其他词作直接袒露胸臆略有不同。开篇写出"凭栏"所见初春景色:小院里东风回荡,地上小草泛着绿色,柳叶也冒出新芽,柳枝随风招展,主人公感觉到春天来了。这境界,与李清照《蝶恋花》词所写的"暖雨晴风初破冻,柳眼梅梢,已觉春心动"有些相似。盎然的春意并未能驱散主人公心头的愁云。艺术上这叫以乐景写哀。用乐景反衬哀情,一倍增其哀。主人公独自凭栏"半日"而"无言",可想见心情的沉重。我们仿佛看到一位面容憔悴的中年男子,临风独立,默默无语,脸上的神情痛苦不堪。到了晚上,新月初升,小院里风吹翠竹,声声入耳。主人公依然独立栏边,回想着往事。这耳畔竹声,眼前新月,与当年南唐宫廷里的景象何其相似。神思恍惚之中,他的思绪回到了当年,眼前又浮现出往日欢乐的场面:池塘里春风荡漾,薄冰初融,池畔嫔妃围坐,酒杯交错,笙歌齐作。君臣同乐,不知今夕是何夕。"烛明"二句陡转,写凭栏后转回室内。画堂里,明烛高照,炉香袅袅,不失富丽,但寂静无人,没有一丝生气。对镜自照,满鬓白发,意识到自己年老体衰,生命行将消逝的悲伤不觉袭上心头。莫非此生将老死于此?命运真是捉弄人啊,一国之君变成了俘虏,从天上坠落到人间,这样孤独寂寞、悲伤屈辱的日子何时是个尽头?他的内心翻江倒海,几乎无法控制和承受。

李煜后期的词作,都深深打上了他的生命烙印。从词史的发展进程来看,这些词已超越了应歌的歌词功能,而变成了一种抒发自我人生感受的特殊形态的抒情诗。此词的结构分三层,开篇三句为一层,写眼前景。中间三句回忆往事,歇拍一句绾合今昔,自然过渡到对往事的回忆。结末二句又回到眼前,形成今——昔——今的流动型结构。这一结构正与其心绪的变化相吻合。

菩萨蛮　李煜

人生愁恨何能免。销魂独我情何限①。故国梦重归②。觉来双泪垂。　　高楼谁与上。长记秋晴望。往事已成空。还如一梦中。

【注释】　①销魂:极度哀伤痛苦。②故国:指南唐。

【评点】　被俘入宋以后,李后主已深刻地意识到人生难免痛苦,但他始终不明白,为什么独有自己这么不幸悲惨?是命运的捉弄还是自酿苦酒?他似乎没有思考,至少在词中,他对自己的人生痛苦,既不埋怨,也不控诉,又不忏悔,只是一味地呻吟。后主晚期的词作,就像是一杯杯浓浓的毫无杂质的纯苦酒。梦,常常是现实的替代性补偿,现实中无法回归故国,只好在梦中回归。然而美梦短暂而虚幻,一梦醒来,更加深了失落的痛楚。梦既不长,转而追忆欢乐的往事,而往事已成空,追忆过后又是深深的失望。后主真是好痛苦啊!

李后主词艺术上的一大特点,是善于写出心态的变化,而不仅仅是写瞬间性的心绪。这首词就体现出这一特色。由上面的分析,我们可以概括出李煜此词的结构,这种结构也是他的心理流程的外化:痛定思痛——寻梦解脱——梦醒更痛——再思往事——又如梦境,重入苦海。在李煜入宋后期的词作中,我们还常常能见到后主孤独的形象。前面《乌夜啼》曾写到"无言独上西楼",后面的《浪淘沙》也说"独自莫凭栏",此词又是"高楼谁与上"。日常生活中李煜似乎总是形影相吊,踽踽独行。生活中的孤独无伴更会强化心灵深处的孤独感。我们不能凭空猜想他和小周后的关系不和谐,也不能把词中所写完全当作生活的真实,但后期词作中从未出现他早年爱得那么深切、那么得意的小周后的身影,又不能不令人怀疑他与小周后的感情发生了裂变。李清照在丈夫去世后所作词中,尚且时常表达、流露对亡夫的忆恋,而李煜后期的词中竟然一次也没有涉及到与他朝夕相处的小周后,实在是一个难以索解的谜。

清平乐　李煜

别来春半。触目愁肠断。砌下落梅如雪乱[1]。拂了一身还满。　　雁来音讯无凭[2]。路遥归梦难成。离恨恰如春草,更行更远还生[3]。

【注释】 ①砌：台阶。②"雁来"句：传说大雁可替人传递书信。典出《汉书·苏武传》。此句是说大雁来了，却没有带来远方的音讯。看来大雁传书也是靠不住的。③还（xuán）：同"旋"，立即；很快。

【评点】 此词写"离恨"，但不是一般的男女间的离愁别恨，而是远离故国之恨。大约是亡国入宋后的第二个春天所作。此词有情有景更有人。我们仿佛看到主人公独立阶前，环顾四周，但见春光过半。春光流逝，对于敏感多思的词人来说，原本就容易引发伤春惜春的情怀，而遭逢天翻地覆的命运巨变，离别了江南故国，亡国的痛苦贮满心头，所见又皆非江南之景，怎不叫他"触目愁肠断"！"砌下"二句，紧承"春半""触目"而来，落梅如雪，是"触目"所见，结构缜密。同时将"春半"的季节具体化、形象化，就像电影电视的镜头，用具体的场景来表现季节时令的变化。"梅花如雪乱"，写出落梅之多；而"拂了一身还满"，则进一步表现出梅花凋败零落的快速迅猛，有无法抵挡遏止之势。联系上句的"触目愁肠断"，可体会到在词人眼里心中是一片落梅一片愁。落梅挥去又来，愁苦也是愈来愈深重。"如雪乱"的"乱"字，既准确，又含义丰富。表层是形象地写出风吹落梅的迷蒙状态，深层里则是暗喻词人内心的伤痛迷乱，这里既有对人生前途的焦虑，又有对生命将逝的悲伤。

下片遥承"别来"，因离别而生相思，因相思而盼来信。春天大雁从南方飞归北方，主人公眼见南方的大雁飞来，心头顿时生出一线希望，幸许大雁会带来故国江南的音信。可等待半天，大雁飞过，音信全无，留下的只是更深的失望，他不禁莫名其妙地埋怨起大雁，传说你大雁能传书，原来却这般不可信据。"雁来音信无凭"六字，写出了主人公由期盼到失望进而忧怨的心理过程。期待大雁传书，既不可能，于是主人公又想在梦中神游故国，一慰相思渴念。可此时连"归梦"都做不成。一连串卑微的希望、期待都彻底幻灭，人生的痛苦一至如斯，怎一个"愁"字说得透彻。

李后主词动人的力量，来自于他真切深沉的情意；而其艺术魅力则得力于他形象生动的艺术语言和新颖多变的艺术表达方式。同写愁苦，在不同的词作里，有不同的表现方式。《虞美人》词里是用水作比喻，创造出了"问君能有几多愁，恰似一江春水向东流"的千古名句。此词结句则用草作比喻，既新奇生动，又贴切自然，"把眼前景、心中恨，打并一起，意味深长"（唐圭璋《唐宋词简释》）。从语源上看，唐人以草比喻相思离愁的诗句颇多，白居易的《赋得古原草送别》有"又送王孙去，萋萋满别情"之句，杜牧《题婺州浮云寺楼寄湖州张郎中》也有"恨如春草多"的比喻。李后主的"离恨恰如春草，更行更远还生"，似从杜诗中化出，而拓展出新意。杜牧是静态的比喻，表现恨多；而李后主则结合行人远去写离恨的动态生成过程，强调恨的日益增长。杜诗像是一个静止的画面，李词则像是一个摇动变化的长镜头，意境更灵动而富于变化。宋秦观《八六子》："恨如芳草，萋萋刬尽还生。"又是从李词化出。

破阵子　李煜

　　四十年来家国①，三千里地山河。凤阁龙楼连霄汉②，琼枝玉树作烟萝③。几曾识干戈④。　　一旦归为臣虏，沈腰潘鬓消磨⑤。最是仓皇辞庙日⑥，教坊犹奏别离歌⑦。垂泪对宫娥⑧。

【注释】　①四十年：南唐自937年先主李昪建国，至975年后主李煜亡国，历时39年。举成数而言"四十年"。②凤阁龙楼：指南唐的宫殿。霄汉：云霄河汉，与"云天"意思相同，极言其高。③琼枝玉树：泛指名贵花木。烟萝：烟聚雾缠，形容草木茂盛。④干戈：指战争。⑤沈腰：沈约的瘦腰。《南史·沈约传》载，沈约曾对友人说自己年老多病，百日数旬，皮腰带常要移孔。后世常用沈腰代指人病瘦。潘鬓：潘岳的白发。潘岳《秋兴赋》说："斑鬓发以承弁兮。"后人常以潘鬓代指年老发白。⑥仓皇：匆忙。这里有惊恐慌张的意思。辞庙：离别祖庙，实指自己被迫降宋、离开故国金陵。⑦教坊：掌管妓乐的机关，唐初开始设置。⑧宫娥：宫女。

【评点】 长年生活在宫廷、贵为"天子"的李煜,不知道战争意味着什么,也压根想不到"干戈"会让他成为俘虏。习惯了别人在他面前称臣叩拜,一旦自己变成了任人宰割的"臣虏",他怎么也无法适应这样残酷的现实。人瘦发白,从外貌的变化写出了内心极度的痛苦。三国时的蜀后主刘禅被俘后表示乐不思蜀,未尝不是一种自我保护的策略。而李煜却念念不忘他的家国、山河、宫殿,很容易招致杀身之祸。就写词而言,这是至情至性的真切流露。结构上前四句极力铺陈故国河山、宫殿楼阁的壮丽辉煌,至歌拍陡转,结构的裂变反映出词人命运的剧烈变化,文情相得益彰。

下片转写归为臣虏之后的处境。他不便直说生活的困窘、心情的恶劣,只以外貌的变化来含蓄表现。据《宋史·南唐世家》记载,李煜被俘入宋后曾向宋太宗诉说生活贫困,太宗知道后增加了他的月俸。可见当时李煜被俘后不仅行动上受监视,精神受折磨,物质生活也不宽裕。发白腰瘦,既是精神的折磨所致,也未尝不是物质生活的匮乏导致"营养不良"。最后三句,又由眼前折回过去,临别南唐时的情景仍历历在目。当初拥有时觉得平平常常,一旦被人夺去,内心的屈辱悲伤可想而知。他忘不了"仓皇"离开金陵时的惨痛情景,那是他从天堂掉进地狱的关口。苏轼曾责怪李煜离开金陵时本应该向其国民谢罪,而不应该"垂泪对宫娥"。对宫娥垂泪,是李煜当时真情实事的写照,也符合他懦弱的性格。如果在词的末尾来一番政治说教或忏悔,那既不符合李煜的性格,艺术上也索然无味。

浪淘沙 李煜

往事只堪哀。对景难排①。秋风庭院藓侵阶②。一行珠帘闲不卷。终日谁来。　　金锁已沉埋③。壮气蒿莱④。晚凉天静月华开。想得玉楼瑶殿影⑤,空照秦淮⑥。

【注释】 ①排:排遣;消释。②藓(xiǎn):苔藓。苔藓一般是生长在阴暗潮湿的地方。现在台阶上长满了苔藓,表明很少有人来走动。③金锁:当指金锁甲。一种用金制的铠甲。杜甫《重过何氏五首》:"雨抛金锁甲,苔卧绿沉枪。"贯休《战城南》:"黄金锁子甲,风吹色如铁。"④蒿莱:两种野生植物,泛指荒草、乱草。此处意思是指豪情壮气已消沉。⑤玉楼瑶殿:指南唐故国的宫殿。玉和瑶都是形容楼殿的华美气派。⑥秦淮:即秦淮河,南唐都城金陵(今江苏南京)的名胜之地。

【评点】 "往事只堪哀",是说想起往事就悲哀,而不是说想起悲哀的往事。后主被俘入宋后,总是难忘故国的"往事"。《虞美人》说"往事知多少";《菩萨蛮》说"往事已成空",可见他的"往事"是指过去的欢乐"往事"。如今触目皆悲,所以想起欢乐的往事,更倍增悲哀伤感。开篇流露的是幸福的失落感,接下来表现的是沉重的孤独感。庭院长满了苔藓,可见环境的极度荒凉冷清。室内也是死气沉沉。珠帘不卷,既是无人卷帘,也是无心卷帘。户外荒凉,触目肠断,不如待在室内消磨时光。可长期龟缩幽闭一室,内心的孤独还是不能排解。他在期盼人来,期盼着与人交流、倾诉,可等待"终日",不见人来,也无人敢来。

据宋人王铚《默记》记载,后主在汴京开封的住处,每天都有"一老卒守门",并"有旨不得与外人接"。李煜在汴京,实质是被软禁的囚徒。他明明知道没有人愿意来看望,也没有人敢来看望,却偏偏说"终日"有"谁来"。他是在失望中期盼,在期盼中绝望。这就是李后主的心态。

在极度孤独中度日的李煜,打发时光、排遣苦闷的最好方式是回忆往事。金锁埋于废墟,壮气消沉于荒草,复国的机会与可能是一点儿也没有了,只好任命吧!就这样过一天算一天吧!从艺术的角度而言,李后主吐露的是真实的心声;但从政治的角度和自身安全考虑,他就显得太幼稚,远不如蜀后主刘禅机警。刘禅被司马昭俘获后,司马氏问他是否思蜀?刘禅傻乎乎、乐呵呵地答道:"此间乐,不思蜀。"人们都笑他痴呆。其实刘禅是禀承乃父刘备闻雷失箸的伎俩来掩护自己。如果直说思蜀,表明他有反叛之心,性命必然不保。而李煜纯属书生,缺乏权谋机智,在词中公然表白"壮气",却不知这会引来杀身之祸,因为宋太宗对李后主这类降王防范甚严,生怕他们有反叛之心。宋太宗倘若看到这"壮气"的词句,定然会气不打一处来,早些置他于死地。

据历史记载，宋太宗听到李后主《虞美人》词的"小楼昨夜又东风"后勃然大怒，说他不忘故国，于是赐牵机药将他毒死。而这首词公然表白不忘"金锁"军队，还要流露点"壮气"。虽说壮气已丧失，但既说出口就表明心有不甘。这态度远比《虞美人》词表现得"恶劣"。当然这本不关艺术欣赏之事，指出这一点，是想说明后主为人真诚。其词的魅力正来源于这不顾身家性命的真诚。

咱们还是回到词的意境上来。上片写的是白天，下片写晚上，晚凉天静，月华普照，全词的境界生发出一丝亮色，主人公的心情也为之开朗。可这月亮已非故乡之月，就像建安时期王粲《登楼赋》所说的"虽信美而非吾土"。于是他由月亮想到当年月光照耀下的秦淮河畔的故国宫殿。但玉楼瑶殿已非我有，明月照得再亮，也只能徒增伤感。后主总是这么执着地留恋过去，故国成了他解不开的情结。故国情结是他后期词作的一大主题，也是他打发孤独寂寞时光的一付强心剂。但故国情结并不能排解心中的屈辱与痛苦。他靠回忆过去打发时光。可一旦从往事中回到现实，又痛苦不堪。这样周而复始，后主是深深地陷入了无法解开的心理怪圈。

浪淘沙　李煜

帘外雨潺潺①。春意将阑②。罗衾不暖五更寒③。梦里不知身是客④，一晌贪欢⑤。　　独自莫凭栏。无限江山。别时容易见时难。流水落花春去也，天上人间。

【注释】　①潺潺（chán）：流水声。这里指雨声。②将阑：将尽；快完了。③罗衾（qīn）：丝绸被子。④客：囚客，与下一首《破阵子》中的"臣虏"意思相同。⑤一晌（shǎng）：一会儿。

【评点】　这是李煜最负盛名的名作之一，读来令人心颤。身为臣虏，李煜的晚景实在是太暗淡太绝望了，整天在屈辱和悲伤中煎熬，生活没有丝毫的欢乐与快慰。只有在梦里才能忘掉自己囚"客"的身份，暂时放纵一下情绪。梦中贪欢，反衬出现实中的极端无奈和痛苦。晚清端木埰曾说李后主梦里贪欢"正陈叔宝之全无心肝，亡国之君千古一辙也"（张惠言《词选》评语）实在是苛刻的"酷评"，完全不体会古人的用心和处境。

　　此词以倒叙的手法先写梦醒后的环境和感受，然后写梦境。不过我们可以把上片看作是同一时空中叠映的室内室外两组镜头。室外春雨淅沥，本来就短暂的春光即将在风雨的摧残之下丧失。昏暗的外景更衬托出"春意将阑"时的悲凉冷清。室内五更时分，主人公一梦醒来，耳听帘外春雨，身觉寒意逼人。"不暖"而"寒"，似嫌重复，其实各有侧重。"不暖"，是写罗衾的单薄，反映生活处境的可怜。也许有人说，后主盖的毕竟是"罗衾"，不大可能像杜甫《茅屋为秋风所破歌》写的那样"床头屋漏无干处"，"布衾多年冷似铁"。但要知道，后主天性奢侈，当年在南唐当国主时穷奢极欲，连宫墙上都是用"销金红罗幕"装饰，"以白金钉玳瑁押之"。每年七夕，用红白罗百余疋做成天河的形状，用过一次，就扔掉（参《十国春秋》卷十七）。而现在沦落到连盖的被子都不能保暖，在他的心中，实在是太可怜太悲惨了。而"寒"字，是侧重表现心理的凄凉悲苦。在现实生活中，时时都处在高度的压抑、禁锢、恐惧、屈辱、悲伤的状态，只能在梦中一晌贪欢，他怎能不绝望，不心灰意冷！

　　下片写天亮后情景。长夜难熬，白天是否好过一些？长年软禁孤室，想登楼远眺，散散心思。古人原有登高散心排忧的习惯，王粲《登楼赋》就说过"登兹楼以四望兮，聊假日以销忧"。"独自莫凭栏"，是先有登栏远眺的愿望，后又自我否定。就像李清照的《武陵春》所写的："闻说双溪春尚好，也拟泛轻舟。只恐双溪蚱蜢舟，载不动许多愁。"因为"独自"凭栏，没有了当年游上苑时节"车如流水马如龙"跟随的威风，也没有了"花月正春风"的良辰美景，更看不到无限美好的故国江山，只能更添孤独而已。"莫"字，用得坚决，用得伤心。"别时容易见时难"，淡淡的语言中包含了无比丰富的人生感受，意蕴远比李商隐《无题》诗说的"相见时难别亦难"要复杂得多。李诗是指男女恋人之间因受外力的掣肘而难以随时相见，有怨愤，但不失望。而李煜这里是指江山的丧失和故国的分离。江山一失，永难回归，其中包含着悔恨，无奈和绝望。

词末以流水、落花、春去三个流逝不复返的意象，进一步表现出李煜对人生的绝望。"天上"与"人间"，是天堂与地狱、欢乐与痛苦对立的两极世界，也是李煜过去与现在生活境况、心态情感的写照。全词以春雨开篇，以春雨中落花结束，首尾照应，结构完整，意境浑成。当代词学大师唐圭璋先生曾在《李后主评传》中说此首"一片血肉模糊之词，惨淡已极。深更三夜的啼鹃，巫峡两岸的猿啸，怕没有这样哀罢"。"后来词人，或刻意音律，或卖弄典故，或堆垛色彩，像后主这样纯任性灵的作品，真是万中无一"。

虞美人　李煜

春花秋月何时了。往事知多少。小楼昨夜又东风，故国不堪回首月明中[①]。　雕阑玉砌应犹在[②]。只是朱颜改[③]。问君能有几多愁。恰似一江春水向东流。

【注释】　①故国：指南唐都城金陵。②雕阑玉砌：雕花的栏杆和玉石铺的台阶。与上一首"玉楼瑶殿"一样是代指故国宫殿。③朱颜改：红润健康的面容变得枯黄衰老。

【评点】　一般认为，这是李煜的绝命词。据宋人王铚《默记》记载，太平兴国三年（978）的某一天，宋太宗问李煜的旧臣徐铉，"你见过李煜没有？"徐铉很紧张地回答："臣下怎么敢私自去见他？"太宗说："你这就去看看他，就说是朕叫你去见面的。"于是徐铉忙颠颠地来到李煜的住处。在门前下马，见一老卒守在门口。徐铉对老卒说："我要见李煜。"老卒说："圣上有旨，李煜不能与外人接触。你怎么能见他？"徐铉说："我今天是奉圣上旨意来见他的。"于是老卒进去通报，徐铉跟着进去，站在庭院内等候。过了一会儿，李煜戴着纱帽，穿着道服出来。两人客套了一番，李煜抱着徐铉大哭起来。坐下后，两人沉默不语。李煜忽然长叹一声，说道："真后悔当日杀了忠臣潘佑、李平"。意思是早些听信潘佑、李平的劝谏，治理好朝政，也不至于今天稀里糊涂地做了俘虏。

李煜说出这话的结果，自然会引起宋太宗的猜疑，而招致杀身之祸。一则李煜原本无心计，二则是当年李煜杀了潘、李二人后就有些后悔，这悔恨一直埋藏压抑在心头，所以这天一见旧臣徐铉，也就脱口而出了。由此可见李煜的诚实。这是词人、艺术家应有的禀性，但在生死存亡的政治斗争中，这种性格却是很难生存的。果不其然。徐铉离开后，太宗就宣召徐铉，询问李煜说了什么话。徐铉不敢隐瞒，只好照实回复了李煜的话。宋太宗听后，便下决心除去李煜。分析起来，这件事不能怪徐铉告密，太宗派徐铉去见李煜，其实就是有意去找他的碴儿，以借机除掉李煜。即使徐铉隐瞒不说，太宗也会找其他的借口。何况徐铉为保自家信命，也不敢隐瞒。负责监视李煜的老卒，在门外听见了，说不定也要向太宗汇报的。七月七日，李煜为庆祝自己的生日，让跟随来宋的南唐乐伎演奏音乐，声闻于外。太宗听说后，龙颜大怒。同时，李煜《虞美人》词也传入禁中，太宗听了"小楼昨夜又东风"和"一江春水向东流"之句，更起杀心。于是派人送上牵机药，毒死了李煜。就这样，一代词人李煜，在他降临"人间"的同一天魂归"天上"。

　　春花秋月，原本是大自然赐予人类最美好的景观，人们只嫌看不够，赏不足。可此时李煜却希望春花不要再开放，秋月不要再圆满。这反常的心理正表现出李煜异常的生活境遇。因为一见到春花秋月，就想起了幸福的过去和欢乐的"往事"。回忆的往事越多，现实的悲哀就越沉重。见不到春花秋月，也许就少些对往事的回忆。然而春花秋月，并不以他的意志为转移，照样周而复始的开放、升起，而东风又不期而至。自然的风月花草，无不激起他对南唐故国的深沉怀念：故国的江山依旧壮丽吧，宫殿的雕栏玉砌也还是那么辉煌气派吧？可曾经拥有他的主人已是朱颜丧尽，衰老不堪了啊！结句写愁，已是千古名句。这个比喻不仅写出愁苦像江水一样深沉，像江水一样长流不断，还写出愁苦像春天的江水一样不断上涨。真是把人生的愁苦写到了极致。宋代秦观《江城子》词的名句"便做春江都是泪，流不尽，许多愁"，就是从李煜此词中化出。而辛弃疾《念奴娇·书东流村壁》的"旧恨春江流不断，新恨云山千迭"，又是从秦词中推衍而出。词人艺术上的推陈出新，于此约略可见。

冯延巳词

前　言

当今流行歌坛上有"四大天王"的说法。晚唐五代的词，其实就是当时的流行歌曲。当时词坛上，也有四大"天王"。这四大"天王"，是西蜀"花间词人"温庭筠和韦庄、南唐词人李煜和冯延巳。四大天王，分别代表着两个创作中心——西蜀词坛和南唐词坛的最高成就。温庭筠本来是晚唐人，并没有生活到西蜀，但因为西蜀词人以他为"鼻祖"，把他的词当作典范，《花间集》又以他为第一，所以习惯上把他与西蜀词人并称为花间词人。这四大天王，如果排座次，温庭筠无疑要居第一，李煜居第二。冯延巳和韦庄谁来坐第三把交椅，很难评定，不妨并列第三。如果按照这种排名给他们授奖，想来冯延巳不会有太大的意见。因为温庭筠是词体的定型者和艺术规范的建立者；李煜不仅是帝王，政治地位老冯无法跟他比，即使是词的艺术成就，冯天王也稍逊一筹，尽管老冯比李煜要年长34岁。

下面走近冯延巳，看看这位"天王"的真面目。

冯延巳（903—960），一名延嗣，字正中，广陵（今江苏扬州）人。南唐开国时，因为多才艺，先主李昪任命他为秘书郎，让他与太子李璟交游。后来李璟为元帅，冯延巳在元帅府掌书记。冯延巳急于进用，拼命向上爬。先主死后，李璟即位，冯延巳认为高升的机会来了，天天到李璟面前套近乎。每天几次入内向李璟进言奏事，弄得李璟很不愉快。李璟说："书记自有常识，各有各的职责，你一天到晚来奏事，烦不烦人？"冯延巳自讨没趣，也就稍微收敛了些。但冯延巳毕竟跟随李璟多年，李璟登基的第二年，即保大二年（944），就任命冯延巳为翰林学士承旨。当时南唐党争比较激烈，朝士分为两党，宋齐丘、陈觉、李征古、冯延巳、延鲁兄弟、魏岑、查文徽为一党。孙晟、常梦锡、萧俨、韩熙载、江文蔚、钟谟、李德明为一党。冯延巳一党为了专权，建议李璟下诏只有同党的枢秘史魏岑、查文徽才能入内奏事，其他人除非特别召见，不能见李璟。此令一出，朝野震惊。后经多方劝谏，李璟才收回成命，登朝听政。这件事既可见李璟的昏庸，也可以看出冯延巳的心计。经过几年的经营，到保大四年（946），冯延巳终于登上了宰相的宝座。冯延巳当上宰相以后，有些忘乎所以，处事比较张狂。有次在宴席上，冯延巳佯装喝醉了酒，拍着李璟的弟弟齐王景达的背说："你不要忘了我对你的好处。"景达恨得咬牙切齿，要李璟处死延巳。李璟当然不答应。景达后悔没有先斩后奏。当上宰相的第二年，陈觉、冯延鲁举兵进攻福州，结果死亡数万人，损失惨重。李璟大怒，准备将陈觉、冯延鲁军法处死。冯延巳为救两人性命，引咎辞职，改任太子太傅。保大六年（948），出任抚州节度使。在抚州待了几年，也没有做出什么政绩。到了保大十年（952），他再次荣登相位。冯延巳与名士韩熙载水火不容，与孙晟（一名孙忌）更是不共戴天。这时与孙晟同任宰相，他攻击孙晟当宰相是"金盏玉杯盛狗屎"。他复相后，宣称自己的才智谋略足以治理天下，皇上亲理朝政，宰相只是个摆设，怎么能治理好天下？于是李璟把一切行政大权都交给他，不再过问国事。冯延巳掌握大权后，也没弄出个名堂，事情照样弄得一团糟。李璟只好亲自处理朝政。冯延巳当宰相期间，只做了一件为人称道的事。政敌萧俨，曾经在朝廷上当面斥责过他。后来萧俨为大理卿，错判了一位女子的死刑。有人建议应将萧俨处死。冯延巳却出来为他辩护："萧俨为堂堂的正卿，误杀了一个妇女就要处死，今后谁还敢担当责任？"并说萧俨为人正直，应予宽大处理。结果萧俨免于一死。时人以为延巳不计旧怨，很大度。延巳当政期间，先是进攻湖南，大败而归；后是淮南被后周攻陷，冯延鲁兵败被俘，宰相孙晟出使后周被杀。958年，冯延巳被迫再次罢相。几次兵败，使得李璟痛下决心，铲除党争。于958年下诏，历数宋齐丘、陈觉、李征古之罪。宋齐丘放归九华山，不久就饿死在家中，陈觉、李征古被逼自杀。至此，宋党覆没。而冯延巳属于宋党，居然安然无恙，表明李璟对冯延巳始终信任不疑，也可能是冯延巳作恶不多。罢相两年后，即公元960年，冯延巳因病去世，享年五十八岁。也就是这一年，赵匡胤夺取天下，建立起北宋王朝。再过一年（961），李璟去世，李煜即位。

冯延巳的人品，颇受非议，常常被政敌指责为"奸佞险诈"（文莹《玉壶清话》卷十），"谄媚险诈"（陆游《南唐书·冯延巳传》）。他与魏岑、陈觉、查文徽、冯延鲁五人被称为"五鬼"。政敌的攻击，难免言过其实，但冯延巳一再被人指责，似乎也不是毫无根据。他常常排挤、欺侮同僚，陆游《南唐书》就说他"负其才艺，狎侮朝士"，"同府位高者，悉以计出之"。这必然会招致政敌的攻击和怨恨。再者，冯延巳玩政治权术颇有一套，不然他不会长期得到李璟的信任，但政治见解和政治才干确属平庸。比如他曾说："先主李昪丧师数千人，就吃不下饭，叹息十天半月，一个地道的田舍翁，怎能成就天下的大事。当今主上（李璟），数万军队在外打仗，也不放在心上，照样不停地宴乐击鞠，这才是真正的英雄主。"（据马令《南唐书·冯延巳传》）这番话，足见冯延巳政治上的平庸荒唐。他政治上一点作为也没有，虽然亡国时代，个人的力量很难扭转乾坤，但几次丧师辱国，身为宰相的冯延巳，不能不负一定的责任。因为冯延巳是著名词人，如果人品不好，会影响到他的形象，所以近代以来，不少人为他辩护。评价古人，还是应该实事求是。根据马令《南唐书》和陆游《南唐书》等史书的记载，冯延巳即使不像政敌说的那么坏，但也绝不是一个大好人，不是一个品格高尚的人，至少是一个品行有问题的人。但他的人品有缺陷，并不意味着他的词也跟着贬值。

跟李璟、李煜一样，冯延巳也是多才多艺，这也是李璟信任他的重要原因。他的才艺文章，连政敌也很佩服。《钓矶立谈》记载孙晟曾经当面指责冯延巳："君常轻我，我知之矣。文章不如君也，技艺不如君也，诙谐不如君也。"陆游《南唐书·冯延巳传》记载孙晟的话是："鸿笔藻丽，十生不及君；诙谐歌酒，百生不及君；谄媚险诈，累劫不及君。"两处记载，文字虽不一样，但意思相同。看来冯延巳为人确实多才艺，善文章，诙谐幽默。又据《钓矶立谈》记载，冯延巳特别能言善辩，用今天的话说是特别能侃。他"辩说纵横，如倾悬河暴雨，听之不觉膝席而屡前，使人忘寝与食"。他讲话，能让人废寝忘食，也可见他的机智与幽默。他又工书法，《佩文斋书画谱》列举南唐十九位书法家的名字，其中就有冯延巳的大名。诗也写得工致，但流传下来的仅有一首。不过冯延巳最著名最有成就的，还是他的词。

冯延巳词的特点，可以用四个字来概括：因循出新。所谓"因循"，是说他的词继承"花间词"的传统，创作目的还是"娱宾遣兴"，题材内容上也没有超越"花间词"的相思恨别、男欢女爱、伤春悲秋的范围。所谓"出新"，是说他的词在继承花间词传统的基础上，又有突破和创新。

从词中表现的情感来看，同样是写愁，但冯词把忧愁表现得更深更广。他写出了人生愁苦的持久性、连续性。比如《鹊踏枝》的"谁道闲情抛掷久，每到春来，惆怅还依旧。""为问新愁，何事年年有。"好不容易把旧愁抛却，原以为此后人生不再有忧愁烦恼，谁料想每到春天，新愁又袭上心头。"每"字，写出了愁苦的连续持久，年年如此。所以词中的主人公追问寻思：为什么新愁年年都有？这确实是一个难解的人生疑问。时至今日，现代人不也是年年都有新的人生忧虑么？虽然忧虑愁苦的原因不一样，但人生的忧虑始终是如影随形，陪伴着人的一生。他也写出了愁苦的广泛性。《采桑子》词就说："旧愁新恨知多少，目断遥天。"旧恨未消，新愁又生，遥望远天，天底之下充塞的都是愁苦。另一首《采桑子》也说："起来点检经由地，处处新愁。"他还写出了愁苦的剧烈性，《鹊踏枝》说："思量一夕成憔悴。"一夜之间，相思之苦，就把人折磨得憔悴不堪，这忧愁是何等的惨烈！

冯延巳写愁，常常把愁苦与欢乐结合着写，写出了人的心理、情绪的丰富性和多样性。人生有忧愁，也有欢乐。如果永远都是忧愁，没有欢乐，没有慰藉，那么人生就太沉重、太悲伤、太单调了。爱情也是有苦涩，也有甜美。失落的爱情之所以值得留恋追忆，是因为爱情失落或离别前双方都体验过爱情的幸福和欢乐。所以冯延巳在写离别的苦闷、爱情失落的悲伤时也注意写曾经拥有过的欢乐："历历前欢无处说，关山何日休离别。"（《鹊踏枝》）"可惜旧欢携手地，思量一夕成憔悴。"（《鹊踏枝》）"咫尺人千里，犹忆笙歌昨夜欢。"（《抛球乐》）"倚瑶琴。前欢泪满襟。"（《更漏子》）既表现爱情失落后的苦闷，又表现曾经拥有爱情时的欢乐，是冯词的一大特点。

冯延巳在表现爱情相思苦闷的同时，还渗透着一种时间意识和生命忧患意识。他在词中时常感叹人生短暂、生命有限、时光易逝："人生得几何。"（《春光好》）"烦恼韶光能几许。"（《鹊踏枝》）"年光往事如流水，休说情迷。"（《采桑子》）"少年看却老。相逢莫厌醉金杯，别离多，欢会少。"(《醉花间》)"朱颜日日惊憔悴。多少离愁谁得会。"(《应天长》)。早在战国时代，屈原就深切地感受到人生的短暂和生命的有限，他在《离骚》中曾急切地歌唱："汨余若将不及兮，恐年岁之不吾与。""老冉冉其将至兮，恐修名之不立。"东汉末年无名氏的《古诗十九首》也慨叹："人生不满百，常怀千岁忧。昼短苦夜长，何不秉烛游。"此后，表现人生短暂的生命忧患意识，成为诗歌中常见的主题。但在词中，冯延巳是第一次表现这种生命的忧患。人生本来就短暂，因此希望在有限的人生中充分享受爱情的幸福，在短暂的青春期及时享受爱情的欢乐，可偏偏"别离多，欢会少"。爱情失落的苦闷中又包含着一层生命短暂的忧患，这既强化了爱情失落的苦闷，也表现出了人生的悲剧，从而丰富了词作的思想内涵，提升了词的思想境界。冯延巳在词中开拓出的这种生命忧患意识，对北宋晏殊等人影响很大。晏殊常常在词中歌唱："人貌老于前岁，风月宛然无异。"(《谒金门》)"可奈光阴似水声，迢迢去未停。"(《破阵子》)"浮生岂得长年少，莫惜醉来开口笑。"(《渔家傲》)

　　与这种生命忧患意识相联系的是，冯延巳常常在欢乐过后预感到一种愁苦。他在词中就常常表现出一种由乐转悲或乐极生悲的心态。如《鹊踏枝》的"昨夜笙歌容易散，酒醒添得愁无限"；《采桑子》的"笙歌放散人归去，独宿江楼"；《更漏子》的"欢娱地。思前事。歌罢不胜沉醉。消息远，梦魂狂。酒醒空断肠"。笙歌散后，留下的是孤独的苦闷，离别的感伤。这种由乐转悲的心态，是冯延巳特具的一种忧患意识，也是冯词开拓出的一种新境界。读冯词，往往会产生这样的人生启示：快乐之后，伴随而来的是苦闷。快乐不能持久，人生常常是乐极生悲。与花间词相比较，冯延巳词多了一层生命忧患和人生悲凉。

冯词写愁的最大特点,是忧愁的不确定性和朦胧性。他词中的忧愁,具有一种超越时空和具体情事的特质,写来迷茫朦胧,含而不露。冯词中的忧愁"闲情",常常很难确指是什么性质的忧愁,是因为什么原因而苦闷。比如前面列举过的《鹊踏枝》中的"闲情",就很难说清是一种什么样的情,一种什么样的愁。他只是把这种闲情闲愁表现得深沉而持久,想抛掷也抛掷不了,挣扎也挣扎不脱,像孙悟空的紧箍咒,始终缠绕在心头。他的几首《采桑子》词,这个特点最为突出。如"旧愁新恨知多少,目断遥天。独立花前。更听笙歌满画船。""愁心似醉兼如病,欲语还慵。日暮疏钟,双燕归栖画阁中。""昔年无限伤心事,依旧东风。独倚梧桐。闲想闲思到晓钟。""花前失却游春侣,独自寻芳。满目悲凉。纵有笙歌亦断肠。"这些"旧愁新旧"、如病似醉的"愁心","昔年无限伤心事",到底是什么无限的伤心事,是什么新愁旧恨,为什么这样忧心忡忡,如醉如病,词人都不点明,甚至连主人公是男性还是女性也模糊不清,难以分辨。是爱情的失落,离别的相思,还是人生的失意,政治上的挫折,都无法确指。作者所要表现的就是人生中常有的一种说不清、道不明的忧愁苦闷、抑郁不欢;一种可能已经存在又似乎是即将来临的人生忧患。前人往往说其中有冯延巳的寄托,这寄托可能有,也可能没有。冯延巳在当时激烈的党争中,备受指责,政治地位虽然位极人臣,官至宰相,但几上几下,也受过挫折。不管他的为人如何,品格如何,他备受指责是"罪有应得",还是冤枉委屈,他都会有苦闷,有焦虑,有忧患。词中所表现的种种伤心情怀、纠结难解的新愁旧恨,可能有他自己的体验,自己的感受,因为不好明说直说,于是通过曲折含蓄的方式予以表现。但我们的理解不能太坐实,不能确指哪一首词是因为什么具体的事件而感发。联系词人本人的经历心态进行诠释未尝不可,但当没有确切的史料予以实证的时候，最好还是从文本出发，去理解诠释其中的意义。不管冯延巳本人的创作动机如何，他的词所展示给读者的是一种超越具体人和事的人类的忧患、人生的忧愁。冯词中愁思的不确定性，不同于温庭筠词的普泛化。温词表现的是单纯的爱情苦闷，这种苦闷相思不属于任何个体，而是人类共通的一种心绪，但爱情这种情感性质却是确定的，明确的。李煜词由个人的痛苦而感悟到人生痛苦的普遍性和不可避免性，其中痛苦的内涵性质也是确定的。冯词忧患苦闷的内涵性质，却是无法确指、无法界定的，从而留给读者更大的自由创造联想的空间，有着更大的艺术张力。读冯词，也会被感动，但需要联想，需要深层的思考。

艺术上，冯延巳词也有特色。

一是空间境界比较阔大，常以大境写柔情，如"坐对高楼千万山。雁飞秋色满阑干"（《抛球乐》）；"将远恨，上高楼。寒江天外流"（《更漏子》）；"楼上春寒山四面"（《鹊踏枝》）等。阔大无限的空间境界，表现出愁思的深重。

二是善于用层层递进的抒情手法，把苦闷相思表现得一层深似一层。这就是古人所说的"层深"之法。最典型的是"泪眼问花花不语，隔墙飞过秋千去"（参《鹊踏枝》"庭院深深几许"评析）。其他词作也屡用此法。

三是在情景的配置上，善于用逆向配置法。词中写情，最常见的是情与景交融互写，但情与景交融配置的方式有同向配置和逆向配置二种。所谓同向配置，是客观景物蕴含的情感指向与主观情感的性质相同，逆向配置是客观景物的情绪指向与主观情绪性质正好相反。一般而言，鲜明亮丽之景容易使人生发欢乐的情绪，而萧条暗淡之景容易激发悲观感伤的情绪。范仲淹《岳阳楼记》曾说"淫雨霏霏"、"满目萧然"之景常使人"感极而悲"；

而"春和景明"则令人"心旷神怡","其喜洋洋"。简单地说,就是乐景使人乐,而悲景使人悲。用乐景写欢乐,以悲景写悲哀,是同向配置;而以乐景写悲情,用哀景写乐情,是逆向配置。冯延巳词中,这两种配置方式都常常使用,而且喜欢用萧条冷清的秋景来写悲凉的情绪(同向配置),用明媚灿烂的春景来写悲哀的情绪(逆向配置)。唐五代词中,情景的同向配置较多,逆向配置较少。而冯延巳则常用逆向配置法。如《鹊踏枝》的"六曲阑干偎碧树。杨柳风轻,展尽黄金缕"是用明快欢乐的春景烘托主人公"慵不语"的孤独苦闷。而《采桑子》的"马嘶人语春风岸,芳草绵绵。杨柳桥边。落日高楼酒旆悬""独立花前。更听笙歌满画船"的热闹欢乐之景,也是用来反衬"旧愁新恨"。另一首《采桑子》的主人公,面对"小堂深静无人到,满院春风。惆怅墙东。一树樱桃带雨红"的幽静明媚的春光,却是"愁心似醉兼如病,欲语还慵"。《菩萨蛮》词中的"月影下重檐,轻风花满帘",景物清新优美,而主人公却是"枕不成眠"。情景的逆向配置,加倍写出了主人公的愁情。面对欢乐之景,尚且苦闷,如果是悲哀之景,其忧愁苦闷更可想而知。

　　作家的生命力,不仅蕴含在自己的作品中,也反映在别人的作品里。一个有地位有生命力的作家,总会对后来的作家产生影响。冯延巳对北宋的晏殊和欧阳修影响较大。北宋刘攽《中山诗话》说:"晏元献(殊)尤喜江南冯延巳歌词,其所自作,亦不减延巳。"清代刘熙载《艺概·词概》也说:"冯延巳词,晏同叔(殊)得其俊,欧阳永叔(修)得其深。"都从不同的角度说明了冯词对晏、欧的影响。冯延巳词常与晏、欧词互见,同一首词,有的说是冯作,有的说是晏词,有的又说是欧词。这既说明冯、晏、欧三人词风近似,以致后人无法分别,也说明晏、欧喜爱冯词,常常抄录冯词,以致后人根据他们的手迹也无从判断他们究竟是抄录冯词还是自己所作。

冯延巳的词集名《阳春录》，有的题作《阳春集》，北宋时就有传本，但宋代的本子早就失传。现存最早的本子，是明人吴讷的《唐宋名贤百家词》抄本，清代抄刻本也有不少。但各本收词不尽相同，有的收有伪作。中华书局1999年出版的曾昭岷、曹济平、王兆鹏和刘尊明编著的《全唐五代词》，收录冯延巳词112首，本书从中选录67首加以注释和讲析。

鹊踏枝　冯延巳

梅落繁枝千万片。犹自多情,学雪随风转。昨夜笙歌容易散,酒醒添得愁无限。　　楼上春寒山四面。过尽征鸿①,暮景烟深浅。一晌凭阑人不见②,红绡掩泪思量遍③。

【注释】　①征鸿:即归雁。传说大雁可传书信,可大雁飞尽,却没有带来期待中的情书。②一晌:有两种含义,既可以指一会儿,也可以指许久。这里是指长时间凭栏远望。阑:即栏杆。③红绡(xiāo):精美的丝帕。

【评点】　此词写惜春怀人。开篇写春日情景。梅花零落,随风飘舞,这本是自然状态,词人却说"学雪随风转",用拟人的手法,赋予落梅以情思,仿佛落梅不愿就此突然消失,而在零落的过程中还要显示一下她的美丽,给人留下春光的记忆,以便追寻春天的踪迹。这既丰富了词的韵味,也暗寓主人公惜春的意识。接下来写就像春光的好景不长一样,人生的欢乐也总是转瞬即逝,不能长久。昨夜令人流连忘返的"音乐晚会",随着今日的酒意早已烟消云散,留下的是无限的怅惘。昨夜的欢乐没能驱散她心头的苦闷,可见这苦闷积郁得深沉而持久。

过片又写对环境的感受。主人公的绣楼四面环山,但她感受到的不是生机勃勃的浓浓春意,而是"四面"寒意的侵蚀与逼迫。这就进一步写出主人公内心的悲哀。其实这"寒",不是身寒,而是心寒,是长久期待后的失望心凉。但主人公失望而不绝望,她还是在期待守望,眼见"征鸿"飞过,心头又涌现出一线希望,也许征鸿会带来他的音讯。然而"征鸿过尽",仍是音讯杳然,主人公又再度陷入失望和痛苦之中。"过尽征鸿"表面上似乎只是一种景物的描写,实际上包含一段希望到失望的复杂的心理过程。过雁带来的失望,没有直说,而接以"暮景烟深浅"的景语,形成一种朦胧的艺术意境,比直说更有韵味。征鸿过尽,不见音讯,于是主人公又登高凭栏远眺,然凭栏"一晌",仍不见踪影,又是深深的失望,抑制不住的泪水湿透了红绡,回到室内,再从头思量。此词娓娓道来,情景交融,看不出什么波澜起伏,实际上步步深入,一层深似一层地写出主人公由期待到失望的反复曲折的心理过程。韵味隽永。

鹊踏枝　冯延巳

谁道闲情抛掷久①。每到春来,惆怅还依旧。日日花前常病酒②,敢辞镜里朱颜瘦③。　河畔青芜堤上柳④。为问新愁,何事年年有。独立小桥风满袖。平林新月人归后。

【注释】　①闲情:闲愁。②病酒:饮酒过量而造成的不适感。③敢辞:岂敢辞。这里有"听任"的意思。④青芜:草色碧青。

【评点】　此词也是写春日怀人,但读者可作多种联想。"闲情"既可以指爱情的苦闷,也可以指人生的失意、理想的失落。古人常说,人生不如意十常八九。此词妙在写出了闲愁的连续性。年年日日,闲愁都挥之不去。天天在花前饮酒,应该是非常快乐逍遥,可每饮必醉,连美酒都无法消解,足见闲愁的沉重。镜子里朱颜消瘦,面容憔悴,也是闲愁所致,进一步写出闲愁的沉重。过片宕开,将画面移向河畔草地、堤上杨柳,境界为之开阔,思绪也随之转移。但轻松的情绪稍纵即逝,"新愁"又袭上心头。上片说"日日",此处又是"年年",时间上似叠重复。但"日日",强调的是闲情的连续性,"年年"则是强调愁苦的持久性,各自的侧重点不同。

冯词这种割不断的闲愁与他本人的生活经历是否有必然的联系,现在很难找到确证。的确,这种感受,是不是他本人的人生体验并不重要,重要的是他表达了人类一种带普遍性的忧患意识。不管什么人,也不管他的身份、经历、命运如何,一生当中会有种种烦恼和苦闷。冯词表达的就是人类普遍共存的忧患。读冯延巳词,不仅仅是被感动,更能引起对人生的感悟和对生命的沉思。结拍二句最为人激赏，有画意，又有雕塑造型之美。月上柳梢头，人归黄昏后，可抒情主人公仍独立小桥，一任晚风吹拂，似在翘首等待，又仿佛在俯首沉思。韵味无穷。

鹊踏枝　冯延巳

秋入蛮蕉风半裂①。狼藉池塘②，雨打疏荷折。绕砌蛩声芳草歇③。愁肠学尽丁香结④。　　回首西南看晚月。孤雁来时，塞管声呜咽⑤。历历前欢无处说。关山何日休离别。

【注释】　①蛮蕉：即芭蕉，因生于南方蛮地，故称。风半裂：形容秋风凄厉。古人称八月风为裂叶风，见宋陈元靓《岁时广记》卷三引《洞冥记》。②狼藉：传说狼群藉草而卧，起时将草弄乱以灭其踪迹，故用以形容凌乱的样子。③砌：台阶。蛩（qióng）：蟋蟀。④丁香结：丁香的花蕾，用以象征愁心难解。牛峤《感恩多》："自从南浦别，愁见丁香结。"宋赵长卿《醉落魄》："愁肠又似丁香结。"⑤塞管：泛指边塞乐曲。管，管乐器。

【评点】　此词押的是入声韵，读来有一种特别的韵味。诗的音律只分平仄，仄声的上、去、入三声可以通用。而在词里，常常要区分四声，仄声里的入声在叶韵时一般不与上声、去声通用，冯延巳此词就是全叶入声韵，而不与上声、去声混用。可见冯词对音律的追求已比较严格。在中国古典诗词里，情景交融是常用的手法，但情景交融的方式有多种，有的是以乐景写哀，以哀景写乐，情与景相反配置；有的则是以哀景写哀，以美景写乐，情与景是同向配置。冯延巳此词的情景描写是属于第二种的同向配置。如果用现代的电视镜头来表现，全是一片冷色调的衰败枯萎的景象。园内枯萎断裂的芭蕉，池塘里东倒西歪的枯荷，台阶下焦枯干黄的衰草，如泣如诉的蟋蜱，构成了一个完整而和谐的悲秋氛围。处在这种场景氛围的中抒情主人公，即使不说"愁肠"，其愁苦也已渗透其中。

上片景中含愁，但还没有交代是因何事而愁。过片既点明时间，也暗示时间的进程已由白天进入晚上。晚上看月，自然会激起对远方爱人的怀想忆恋。空中孤雁飞过，形只影单，更引起同是孤独人的共鸣感应。而远处又传来阵阵哽咽低沉的管弦乐曲，所见既是孤独，所闻也是悲凉。层层烘托，步步指向离别的愁苦。离别的痛苦无法承受，于是主人公发出深沉的浩叹：什么时候关山才不会阻碍人间的团聚，什么时候人生才不会离别？此词以秋景写离别，全词的主题和构思，可用北宋柳永《雨霖铃》词的"自古多情伤离别，更那堪冷落清秋节"来概括。

鹊踏枝　冯延巳

花外寒鸡天欲曙[1]。香印成灰[2]，起坐浑无绪[3]。檐际高桐凝宿雾。卷帘双鹊惊飞去。　　屏上罗衣闲绣缕[4]。一晌关情[5]，忆遍江南路[6]。夜夜梦魂休谩语[7]。已知前事无寻处。

【注释】　[1]寒鸡：鸡觉寒冷，天不亮就叫。故有"半夜寒鸡"之说。鲍照《舞鹤赋》："感寒鸡之早晨，怜霜雁之违漠。"[2]香印：把香料研为细末，印成回纹图案，然后燃烧。王建《香印》："闲坐烧香印，满户松柏气。"[3]浑无绪：全没好心情。浑，全然。[4]"屏上"句：没绣完的罗衣挂在屏风上，无心再绣。[5]一晌：片刻；一会儿。关情，动情。[6]"忆遍"句：从岑参《春梦》"枕上片时春梦中，行尽江南数千里"诗意中化出。[7]谩：同"漫"。意为徒然无用。

【评点】　此词写抒情主人公彻夜无眠，有二妙。一妙有境界，一妙是细节传神。如用电视画面来表现，呈现在读者眼前的第一个镜头是一声报晓寒鸡的嘶鸣，随着鸡叫，镜头又推出朦胧的晨光中庭院里群花盛开的画面。接着镜头转向室内，室内光线昏暗，香炉内香印已燃尽成灰，一位失眠的女子双眼通红，心情烦躁不安，时而起来，时而坐下。"起坐"的细节描写最传神。失眠人睡不着，心情烦闷，起来也不是，坐下也不行。李煜《乌夜啼》的"烛残漏断频欹枕，起坐不能平"，构思与此相同。开篇的"花外"二字也值得注意。按一般的写法，可写成"窗外寒鸡天欲曙"，但词人不用"窗外"而用"花外"，意境就更为丰富。因为"天欲曙"，已暗含着窗户，从窗户透射出熹微的晨光，才知天快要亮了。着一"花"字，使所居环境多了一道风景。词人用字的精细，我们不能轻易忽略，要善于体会词人用字的技巧。写诗词，每一个字都要发挥作用，不能可有可无，要尽可能在有限的字句中表达出无限的意蕴，使每个字都能激发起读者的想象力。"檐际"二句，继续写清晨景色。主人公清晨起床后，卷帘见屋檐边的梧桐树上夜雾未消，露水犹滴。写景如画。听到响动，树上双鹊高飞，卷帘人又触景生情。鹊儿成对双飞，衬出闺中人的孤独。从景物的构成来看，开篇二句是室外室内两组镜头分开表现，此处则通过"卷帘"将檐边的树鹊与室内卷帘人融合在同一镜头之内，相互对比映衬。一开一合，用笔构思，富于变化。下片紧承"无绪"，写白天起床后仍心灰意懒，屏风上的衣服没有绣完也懒得动手，只坐在那发呆，痴痴地回想夜间的梦魂。梦中行尽江南路，也没有追寻到爱人的踪影。现实中见不到爱人，梦也成空，主人公不禁陷入深深的失望。前事已不可追寻，后会又不知在何时，看来这相思的痛苦是永无止期了啊。

鹊踏枝　冯延巳

叵耐为人情太薄①。几度思量，真拟浑抛却②。新结同心香未落。怎生负得当初约③。　　休向尊前情索莫④。手举金罍⑤，凭仗深深酌。莫作等闲相斗作⑥，与君保取长欢乐。

【注释】 ①叵（pǒ）耐：怎耐；可恶。叵是"不可"的合音。叵耐就是不可耐，不能忍受。②浑：全部；彻底。③怎生：如何。④索寞：神情沮丧的样子。⑤金罍：金杯。酒杯上刻有云雷图案，称罍。《诗经·卷耳》："我姑酌彼金罍，维以不永怀。"⑥斗作：争闹。

【评点】 人应该重信义、讲感情、守然诺。可有的人常常背信弃义。这首词就是慨叹人情的淡薄。也许是主人公受过朋友的欺骗，有过切身的体会，所以词的开头就对背信弃义、不讲人情的朋友表示一种强烈的厌恶和鄙视。真是可恶，他为人怎么这么薄情！真想跟他决裂，断绝往来，可思来想去，又有些犹豫不决。就像当今流行歌曲所唱的"心太软"。词以内心独白的开篇，接着好像是对人诉说：你瞧，我们哥儿俩刚刚焚香结拜，誓愿同心同德，同生同死，可余香未尽，他就变心了，悔约了。人心怎么这么叵测呢？

下片主人公从迷惑不解中自我安慰、自我宽解。在酒宴上对着另外的朋友说：咱们振作起来吧，不用为这负心人而神伤气沮，要相信世上还有好人，还有好兄弟。哥们，举起金罍，干上几杯！用不着为这等小事生闲气，闹意见。祝愿咱们几位好兄弟，永远都是好心情，没事偷着乐。这首词虽然没有景物的描写、人物的刻画，但因把握住了主人公心情的流动变化，并说出了人们的共同心声，还是有一定的艺术感染力。如果声情并茂地演唱，歌词更能打动人心。就像当今的流行歌曲《常回家看看》，歌词并没有多少文学性和艺术性，但因表现出了一种普遍的社会心理和愿望，唱出了人间亲情，所以听起来还是蛮有感染力和人情味的。

鹊踏枝　冯延巳

萧索清秋珠泪坠。枕簟微凉，展转浑无寐。残酒欲醒中夜起①。月明如练天如水②。　　阶下寒声啼络纬③。庭树金风④，悄悄重门闭。可惜旧欢携手地。思量一夕成憔悴。

【注释】　①中夜：半夜。②练：洁白不染色的熟绢。故用以形容月光。萧绎《春别应令》："昆明夜月光如练。"③络纬：秋虫名，又称莎鸡，俗名络织娘。其声札札如纺线。④金风：秋风。金，五行之一，方位代指西，季节代指秋，故称秋风为金风。

【评点】　此词写秋夜怀人。清秋季节，枕簟微凉。时值深夜，失眠的女子感到一阵阵的寒冷。失去了昔日夫妇共同生活时的温馨，此时孤眠独宿，心理上也感到孤独凄凉。"凉"，既是身体的感觉，也是心理感受。她珠泪横溢，翻来覆去，无法成眠。原想借酒消愁，但酒醒愁难消，于是半夜起来，推窗远望，但见皓月当空，天净如水。月圆而人未团圆，美丽的月色并没有减轻她心中的寂寞与烦恼。写失眠人的忧愁，不用残月映照，而用"月明如练"来反衬，这就是前面所说的以乐景写哀之法。

上片通过触觉和视觉形象来营造氛围，下片变换笔法，写听觉形象。室外台阶下传来络织娘唧唧鸣叫，庭院里秋风阵阵，树影摇曳。楼门紧闭，杳无人影。环境封闭冷清，进一步烘托出失眠人的孤独。现实的苦闷无法开解，于是回想往日的欢乐，借此来转移心理注意力，缓解一下当前的情绪。当年与爱人携手欢会的情景，顿时浮现眼前，是那么温馨，那么惬意。可惜这一切都成为过去，欢乐不再有，欢会难再得。不知不觉地，相思一夜，人已憔悴。"一夕成憔悴"，极写相思的沉重。

人的一生，常为情所苦，为情所困。冯延巳词，就表现出了人性的这一特点。古代的女子，没有社会化事业的追求，终生的幸福就维系在爱情婚姻上。而在婚姻关系中，女方往往是被动的、从属的。所以在唐宋词中，因婚姻不美满或爱情缺失的苦闷相思的女性很少有反抗意识和抱怨不满的情绪，她们只有自怨自艾、自伤和无奈。冯延巳此词，就比较典型地表现出古代妇女的这种悲剧性命运。

鹊踏枝　　冯延巳

烦恼韶光能几许①。肠断魂销,看却春还去。只喜墙头灵鹊语②。不知青鸟全相误③。　　心若垂杨千万缕。水阔花飞,梦断巫山路④。开眼新愁无问处。珠帘锦帐相思否。

【注释】　①韶光:美丽的春光。几许:多少。②灵鹊语:古代风俗,以为鹊噪报喜,行人当归。五代王仁裕《开元天宝遗事》:"时人之家,闻鹊声皆以为喜兆,故谓灵鹊报喜。"敦煌词《阿曹婆》:"正见庭前双鹊喜,君在塞外远征回。梦先来。"③青鸟:传说是替西王母传信的神鸟。见《汉武故事》。唐宋词中多用来代指送信的人。晁补之《安公子》词:"曾教青鸟传佳耗。"王之望《菩萨蛮》:"青鸟仍传信。"④"梦断"句:意谓梦中也找不到与爱人团聚之路。巫山,宋玉《高唐赋》载,楚怀王游云梦,梦中与巫山神女欢会。后借指男女欢会之事或欢会之地。

【评点】　春宵一刻值千金。词中这位女人主人公多么希望能在迷人的春光中与所爱之人共度良宵。可苦熬紧等,过了一个春天,狠心的爱人仍不见踪影。怎不让她肠断魂销!"能几许",语气迫切急促,春光短暂,本应及时把握和珍惜,可眼睁睁地看着春来春又去,却无法与爱人共享旖旎的春光,共享爱情的温馨。"肠断""魂销",都是表示痛苦的沉重。此处连用,加倍写出主人公的伤心,以呼应"能几许"的急切追问。此词的妙处,在于表现出情绪的跌宕变化。先是肠断魂销,痛苦不堪,接着因闻灵鹊报喜,而喜上心头,失望的心情顿时开朗,内心深处燃烧起团聚希望的火焰,并满心欢喜地等待爱人出现在眼前。说不定她迅速回房加紧梳妆打扮,以给远行归来的爱人一个全新的感觉,一个意外的惊喜。可灵鹊骗人,久等爱人不归,又空喜一场,女主人公再度陷入深深的失望。

春天是万物萌动的季节,也是人的生理欲望容易躁动的季节。女主人公期待夫君不至,本能的欲望躁动不安,心里七上八下,乱蒙蒙的一片,像路边的杨柳,摇曳不停,像水面的柳絮,纷飞不定。她渴望在梦中与爱人欢会,可梦魂不到。醒来苦闷压抑又加深一层。她像是沉思,又像是责问:难道他一点儿也不留恋这温馨的珠帘锦帐么?怎么一点儿也不体贴我的愿望啊!一般爱情词,只写心理的相思、精神的忆恋,很少涉及性爱与欲望,而此词却表现出对性爱的渴求。"巫山",就是性爱的代名词。写本能的欲望而不挑逗,把性爱欲望诗意化、朦胧化和艺术化,是此词的一大特色。

鹊踏枝 冯延巳

几度凤楼同饮宴①。此夕相逢,却胜当时见。低语前欢频转面。双眉敛恨春山远②。　　蜡烛泪流羌笛怨③。偷整罗衣,欲唱情犹懒。醉里不知金盏满。阳关一曲愁千断④。

【注释】　①凤楼:此指歌楼妓馆。《乐府诗集》卷五十《凤笙曲》:"朱唇玉指学凤鸣。流速参差飞且停。飞且停。在凤楼,弄娇响,间清讴。"梁萧纲《艳歌篇》:"凌晨光景丽,倡女凤楼中。"②春山:形容眉色深绿似春日山色。一说是眉毛画作春山起伏的样子,春山是眉形的一种。③蜡烛泪流:化用杜牧《赠别》"蜡烛有心还惜别,替人垂泪到天明"诗意。羌笛怨:笛子吹奏出哀怨的乐曲。唐王之涣《凉州词》:"羌笛何须怨杨柳,春风不度玉门关。"因笛子出自羌族,故称羌笛。④阳关一曲:王维《送元二使安西》诗:"渭城朝雨浥轻尘,客舍青青柳色新。劝君更尽一杯酒,西出阳关无故人。"后入乐歌唱为送别之曲。名《渭城曲》,又名《阳关曲》,又称《阳关三叠》。

【评点】　这首词唱的是一个别后重逢又分别的动人故事。抒情主人公是歌楼的歌女。当初与心上人几度共饮,感情欢洽,刻骨铭心。别后一夜重逢,自是喜不自胜。见面后"低语前欢",共同回忆欢乐的往事。歌女一边与情人聊天，一边回过头环顾四周，看有无别人注目自己。"频转面"描写神态动作，颇为传神。歇拍情绪突变，得知情人又将离去，不禁由欢转恨。刚才笑逐颜开，转眼眉峰紧锁。

下片写离别情景。红烧高照的蜡烛，似也有情，替离人垂泪。伴奏的笛声凄凉幽怨，更渲染出感伤的气氛。该上场演唱了，而歌女的情绪还没调整好，无心上台演唱。"偷整罗衣"二句，情思曲折而形象生动。悄悄地整理罗衣，暗示与情人相见时忘情拥抱，弄皱了衣衫，要上场演唱了，才发觉衣衫不整齐，因此偷偷地加以牵扯整理。有点像白居易《琵琶行》中的琵琶女"整顿衣裳起敛容"。"欲唱情犹懒"，既是行动上的迟疑，也表现出心绪的矛盾，不唱不行，唱又没情绪。最后知情人不可挽留，只好拼得一醉，以忘却离别之苦。"不知金盏满"，其实是不管金盏满，不辞金盏满。尽情一醉，既是多情，也是伤心。这个伤心的故事，在《阳关三叠》的优美动人的送别乐曲声中结束，暗示着男女双方最终离别。写故事又写人，注重心理刻画和细节描写，人物形象生动传神，是此词最突出的艺术特色。

鹊踏枝[①]　冯延巳

几日行云何处去[②]。忘却归来，不道春将暮[③]。百草千花寒食路[④]。香车系在谁家树。　　泪眼倚楼频独语。双燕飞来[⑤]，陌上相逢否。撩乱春愁如柳絮。悠悠梦里无寻处。

【注释】　①此首一作宋欧阳修词。②几日：指多时。行云：本指巫山神女。语出宋玉《高唐赋》："朝为行云，暮为行雨。"此处借指所爱的男子不知在何处与人寻欢。③不道：不觉。④百草千花：暗喻花街柳巷的风流女子。寒食：清明前三日为寒食节。⑤双燕：传说双燕可以传书。江淹《杂体诗拟李陵》："袖中有短书，愿寄双飞燕。"

【评点】　此首写女主人公因等待爱人不归而生苦闷，表现方式比较独特，叙事的意味比较浓厚。一般的相思词，只写单向的相思，而很少写对方的行为活动。此词是双方互写。不过叙述的方式还是以抒情主人公为视点，由抒情主人公以寻思追问方式来展现故事。丈夫像不定的行云，已有多时不归家了，他飘荡疯狂到哪去了呢？原先说好的春天一到就回家，可到了暮春时节，还不见他的踪影，难道他不晓得春天快过完了吗？寒食节里，外面的世界一定很精彩，郊游的路上，花红草绿，红男绿女们结伴而行，他在路上又被哪一朵野花迷住了？晚上，他的香车又系在哪家歌楼妓馆的树下，去寻欢作乐？一连串的猜疑追问，她都得不到答案，也无需得到回答。

上片写男方，下片写女方。寂寞无奈的女主人公，只有含泪倚楼，翘首远望和等待。她是那么多情，那么执着，见双燕飞来，又痴心地追问双燕。燕子燕子，路上可曾见过我的薄情郎？双燕无语。成双入对的燕子，又撩发起主人公团聚的欲望。"撩乱春愁如柳絮"，将外景内情打成一片，是比喻，还是描写，难以分辨。柳絮多而乱，又飘忽不定。晏殊《踏莎行》词曾写道："春风不解禁杨花，濛濛乱扑行人面。"主人公此时由爱欲相思交织成的"春愁"正像柳絮一样迷乱飘忽，在心头撞击。结句又是无奈与悲伤，主人公深知，薄情郎不回心转意，即使梦里也寻找不到他的去处。算了吧，认命吧！

读古典诗词，我们一方面可以获得艺术的感受，体会诗词中的美好情感，欣赏诗人词家高超的艺术技巧，另一方面我们也可以获得一些历史的知识，增进对古代社会生活的了解。从这首词中，我们可以了解到唐五代时期女性在爱情婚姻中的可怜地位。丈夫在外，寻花问柳，自由自在地纵情潇洒，一连几日甚至几月都"忘却归"家，完全不顾及家中妻子的殷切期待。而妻子在家，默默地忍受着孤独和寂寞，独自个猜想他在哪条路上寻花，驾着车子到哪家问柳，没有愤怒怨恨的情绪，连一点埋怨指责的口气都没有。面对丈夫的无情，妻子只有独自流泪，暗自伤心。此词所表现的虽然不是某一对具体的夫妻，也不能当作真实的历史人物来看待，但却折射出当时在男女婚姻爱情关系中女性卑微屈从的弱势地位。

鹊踏枝[1]　冯延巳

庭院深深深几许。杨柳堆烟,帘幕无重数[2]。玉勒雕鞍游冶处[3]。楼高不见章台路[4]。　　雨横风狂三月暮[5]。门掩黄昏,无计留春住。泪眼问花花不语[6]。乱红飞过秋千去。

【注释】　①此首别作宋欧阳修词,调名《蝶恋花》。②"杨柳"二句:意谓烟雾笼罩杨柳,深院帘幕重重。③玉勒雕鞍:形容车马的名贵。玉勒:玉制的马笼头。游冶处:指歌楼妓馆。④"楼高"句:意谓高楼上见不到情人走马章台之处。章台:指歌妓聚居地。⑤横(hèng):指雨势迅猛。⑥"泪眼"句:晚唐严恽《落花》诗:"尽日问花花不语,为谁零落为谁开。"冯词与此相似,或从此化出。

【评点】　这首词与上一首词意相近,也是写男子在外冶游,女子在深闺中独自伤心流泪,但表现手法不同。此词更注重环境的描绘。首句叠用三个"深"字,醒目地表现出主人公居住环境的空旷幽深,营造出一种浓郁的抒情氛围。宋代女词人李清照曾说她平生"酷爱"此句,她的《临江仙》词也是一字不改地用此句开篇。她的《声声慢》词连用十四个字,成为古今绝唱,也许曾受到此句的启发。不过李清照认为这首词是欧阳修写的。庭院深深,帘幕重重,杨柳堆烟,三个画面,都是突现环境的隔离、视线的阻塞,以为下文"不见"作铺垫。"杨柳堆烟"的"堆"字用得很奇特,一般写烟雾浓重是说"笼烟"、"烟锁",如晚唐杜牧《泊秦淮》的"烟笼寒水月笼沙",南宋蔡伸《阮郎归》的"烟锁长堤"。此处用"堆"字,既新颖别致,又形象生动,赋予烟雾一种体积感、重量感,造成陌生化的艺术效应。男子在外寻花问柳,久不归家,独守深闺的女子按捺不住心中的寂寞和失望,登楼眺望,希望能见到爱人的身影,可帘遮烟罩,望也望不到远处的歌楼妓馆,更找不到自家男人的身影,失望又加深一层。

上片从空间着笔,下片则从时间的角度造境。"三月暮""黄昏""春"

都是时间意象。在中国古典诗词里，暮春、黄昏都积淀着特定的含义。暮春，意味着春光的流逝，常常象征幸福、理想和青春容貌的消失。黄昏，是外出行人归家的时分，常常让人产生思家怀人的联想。暮春的黄昏，本令孤独的人伤感，而雨急风狂，主人公独守空闺，更觉得悲凉无奈。"无计留春"，沉痛之至。"春"，既是时令季节之春，也指人的青春容貌。狂风暴雨，摧残的不只是春花乱红，更在摧残女主人公的容颜和对幸福美满爱情的期盼。她不敢埋怨无情的情人，只能伤心地询问与她命运相同、任人摆布的春花。花不语，她又何尝能语？乱红可以自在飞去，她却被紧闭在深闺之中。人命为何还不如花呢？她不明白，也无法做出回答。

清人毛先舒非常欣赏"泪眼问花花不语"，说此词富有层次感，而且层层深入，意境浑成。他的原话是："词家意欲层深，语欲浑成。作词者，大抵意层深者，语便刻画。语浑成者，意便肤浅。两难兼也。或欲举其似，偶拈永叔（欧阳修）词云：'泪眼问花花不语，隔墙飞过秋千去。'此可谓层深而浑成。何也？因花而有泪，此一层意也；因泪而问花，此一层意也；花竟不语，此一层意也；不但不语，且又乱落，飞过秋千，此一层意也。人愈伤心，花愈恼人，语愈浅而意愈入，又绝无刻画费力之迹，谓非层深而浑成耶？然作者初非措意，真如化工生物，笋未出而苞节已具，非寸寸为之也。"（王又华《古今词论》引）

鹊踏枝① 冯延巳

六曲阑干偎碧树。杨柳风轻，展尽黄金缕。谁把钿筝移玉柱②。穿帘海燕惊飞去。　满眼游丝兼落絮③。红杏开时，一霎清明雨。浓睡觉来慵不语。惊残好梦无寻处。

【注释】　①此首一作宋欧阳修词，一作宋晏殊词。调名《蝶恋花》。②钿筝：镶有金宝等饰品的筝。钿，以金宝镶嵌饰物。玉柱：玉制的承弦短柱。前一首词的"玉勒"和此处"玉柱",不一定都是用玉制成,只是形容其华美名贵。移:指弹奏。③游丝:蜘蛛所吐之丝,飘在空中,故称游丝。落絮:飘落的柳絮。

【评点】　此词境界优美,写景如画。开篇展现的是,绿树掩映着一栋小楼,楼上栏杆弯弯曲曲,造型别致;楼下春光明媚,杨柳在和煦春风吹拂之下尽展风姿,像是身着金黄色衣裳、纤腰摇摆的美人,婀娜多姿。这个画面纯是写景,没有出现抒情主人公的身影,其实抒情主人公暗含其中。过片的"满眼"即提示上片所写都是主人公所见所闻。由此我们可以加以想象补充,"六曲栏干"上有位佳人斜倚,看着楼下的柳枝在春风中摇曳。唐代诗人王昌龄《闺怨》诗说:"闺中少妇不知愁,春日凝妆上翠楼。忽见陌头杨柳色,悔教夫婿觅封侯。"此词中的楼上佳人,望着楼下摇曳不定的杨柳,也是不是春心荡漾,想起了她的心上人呢?作者不一定有此意,但读者不妨作此联想。古人曾说:"作者未必然,读者何必不然"(谭献《复堂词话》)。现代接受美学也认为,在阅读过程中,读者并不是被动地接受,而是主动地创造和联想。所以我们读词,也需要创造性的联想。前三句是主人公所见之景,下二句写所闻。楼上佳人正含情脉脉地注视着风中杨柳,忽然传来一阵优美动听的古筝乐曲,打破了画面的寂静。主人公心中暗问:是谁在弹奏?曲中是那么深情绵邈?如用电视镜头来表现,那么"谁家"二句是将镜头切换到了另一处室内:弹奏者背对镜头,但闻曲声悠扬,而不见人面。一双海燕闻声穿过画帘惊飞而去。

上片两个画面特美,有色彩,有动态,更有声响。下片镜头又转换到户外,写庭院里游丝飘舞,落絮飞扬,突然一阵春雨,打落了初开的红杏。结尾二句,镜头又切换到室内,雨声惊醒了室内佳人,也打断了她的好梦。全词没有一句涉及情绪,但我们透过词中景物的描写,可以产生多种联想,海燕双飞,反衬出佳人的孤独。见雨打红杏,自会产生惜春之情。辛弃疾《摸鱼儿》词曾说:"更能消、几番风雨,匆匆春又归去。惜春常怕花开早,何况落红无数。"清明时节,本让人感叹春光流逝,好景不长,更何况是暮春时节,雨打花落,"落红无数"呢?李清照《如梦令》也写道:"昨夜雨狂风骤,浓睡不消残酒。试问卷帘人,却道海棠依旧。知否。知否。应是绿肥红瘦。"所写情形,与此词结尾二句也有些相似。只不过一写惜红杏,一写惜海棠。结句的"惊残好梦无寻处",也有一种怅惘之情蕴含其中。什么样的好梦被惊破?词人不说破,让读者自由联想。

冯词很善于表现一种难以言状的心绪,一种淡淡的苦闷忧思。而苦闷忧思的原因,他常常不点明,有时是对人生短暂、生命有限的忧虑,有时是爱情失落的苦闷,有时是人生遭遇困境后的一种烦恼。这些苦闷,不属于任何个体,而属于整个人类的一种忧患意识。冯延巳的词,开拓提升了词的思想境界,常能引发读者对人生的思考和感悟。

采桑子　冯延巳

中庭雨过春将尽,片片花飞。独折残枝。无语凭阑只自知[1]。　　玉堂香暖珠帘卷,双燕来归。后约难期,肯信韶华得几时[2]。

【注释】　①凭阑:斜靠着栏杆。②肯信:怎能相信。韶华:春光。亦喻青年时代的好时光。白居易《香山居士写真》诗:"勿叹韶华子,俄成皤叟仙。"

【评点】　此词写惜春怀人,使用了两种表现手法,一是烘托法,一是反衬法。庭中雨过,花落花飞,春意将尽,这是正面烘托。春光将尽,令人怅惘。宋辛弃疾《摸鱼儿》词所说"惜春长怕花开早,何况落红无数",很能说明此词主人公的心情。主人公手折残枝,有留春惜春之意。大好春光,本当与人共享,而"独折"之"独",意味着她孤身独处。双燕如期归来,而等待的爱人却未归来。这是反衬法。用双燕反衬人的孤独,用燕归反衬人未归。他何时能归,也难预料。人生能有几度青春?却徒然让青春在孤独的等待守望中度过。他怎么这样不懂我的心?

这首词的画面感也特别鲜明强烈,环境氛围、人物活动,历历如绘。要是用电视镜头来表现,非常具体生动。上片写庭中景。首先出现的画面是春雨刚停，树枝上挂满着水珠，片片落花随风飘扬，接着女主人公出现在画面上，只见她在庭中孤零零地徘徊一阵后，来到一丛花前，玉手纤纤，折下一枝残花，小心翼翼地戴在头上。然后登楼，斜靠在栏杆上沉思，默默无语，一副孤独寂寞而又百无聊赖的神态。下片镜头转换到室内，装饰得金碧辉煌的闺房，香烟袅袅，沁人心脾。珠帘卷起，门户大开，不一会一双燕子亲昵地飞入室内，双栖巢中，软语呢喃。主人公抬头望去，好生羡慕。她在想：燕子守时，每年如期而至，可薄情郎说好了要回来看我，谁知他什么时候能兑现约定的诺言？青春不等人啦！"肯信韶华得几时"，是说青春不能永驻，青春年华很快就要过去，却不能与所爱之人共享青春的欢乐和爱情的温馨。

生命原本短暂，人无法延长生命的长度，但希望用美满的爱情和幸福的生活来加强生命的浓度。冯延巳词情思内容方面的一大特点就是时间意识比较强烈，与温庭筠词中强烈的空间感形成鲜明对照。冯词注重于爱情的苦闷与人生有限而短暂的生命意识结合起来表现，让人在感受到爱情苦闷的同时，也感悟到生命的忧患，从而珍惜时间，热爱生命。在有限的生命历程中，尽可能让青春、生命放射出夺目的光彩。

采桑子　　冯延巳

马嘶人语春风岸，芳草绵绵①。杨柳桥边。落日高楼酒旆悬②。　　旧愁新恨知多少，目断遥天。独立花前。更听笙歌满画船。

【注释】　①绵绵：连续不断的样子。古诗《饮马长城窟行》："青青河畔草，绵绵思远道。"②酒旆（pèi）：酒旗。

【评点】　此词意境开阔，把"舞台背景"从精美富丽的闺房绣户移到了辽阔的河边湖畔，给人一种新鲜感。艺术上也用了以乐景反衬哀情的手法。落日黄昏时节，岸边桥畔，杨柳依依，河畔芳草绵绵，景色宜人。酒楼林立，人语马嘶，热闹非凡。而抒情主人公独立花前，眼望远处天空，呆呆出神,旧恨新愁,一齐涌上心头。而此时此际,湖中画船里又传来阵阵欢乐的歌声。别人的欢乐,更增添了主人公的烦恼苦闷。这正是多情却被无情恼。要问是哪些旧恨新愁?作者无意点明,读者自可作多角度的联想。可以指流浪在外的乡思,也可指人生落魄的失意,还可以指爱情受挫的苦闷。不同人生经历的读者,可以从中发现不同的情感共鸣点。

"落日"的意象需要作点特别的提示。唐宋诗词中写怀念家乡的乡愁或写怀念远人的相思,常常把时间背景放置在落日、日暮、黄昏时分,比如李煜的《阮郎归》:"黄昏独倚阑。"冯延巳本人的《鹊踏枝》:"门掩黄昏,无计留春住。"柳永《诉衷情》:"思心欲碎,愁泪难收,又是黄昏。"张先《行香子》:"断钟残角,又送黄昏。奈心中事,眼中泪、意中人。"苏轼《蝶恋花》也写道:"小院黄昏人忆别。"唐人崔颢著名的《黄鹤楼》诗也是写:"日暮乡关何处是,烟波江上使人愁。"宋人李觏的《乡思》更典型:"人言落日是天涯,望极天涯不见家。已恨碧山相阻隔,碧山还被暮云遮。"李诗中"落日",既表示空间的辽远,也指时间点。

诗人词家之所以习惯于把乡思、相思安排在黄昏落日时分,是因为中国农耕文明形成的生活习惯,日出而作,日入而息。到了落日黄昏,在外劳作远行的人都归家休息团聚。《诗经·君子于役》曾写到,"日之夕矣,牛羊下来。"原诗写丈夫外出当兵多年,家中妻子到了日落黄昏时分,见牛羊都纷纷下山归栏,而想念丈夫。可以说,落日黄昏时分想念亲人,在《诗经》里已确定了这种情思的"原型母题"。我们今天读唐宋诗词,就要注意到落日黄昏这一特定的情感指向。

采桑子　　冯延巳

酒阑睡觉天香暖[①],绣户慵开。香印成灰[②]。独背寒屏理旧眉[③]。　　朦胧却向灯前卧,窗月徘徊。晓梦初回,一夜东风绽早梅。

【注释】 ①酒阑:酒意消失。睡觉:睡醒。天香:特异的香味。唐祝元膺《寄道友》:"两颔凝清霜,玉炉焚天香。"此指下句所言"香印"燃起的香味。②香印:见前冯延巳《鹊踏枝》"花外寒鸡天欲曙"注②。③寒屏:指屏风。理旧眉:重新描画睡前画的眉。

【评点】 从"绣户"和"理旧眉"看,词中的抒情主人公是位女性。深夜一觉醒来,借以消愁的酒意也渐渐消失,头脑清醒,虽然香印已燃成灰烬,但屋内余香袅袅,温馨适意。可她心情并不好,因好长时间难得入睡,翻来覆去,弄残了晚妆。因此起床后背对着屏风梳妆打扮,重新描画眉毛,以打发时光。"独背寒屏",暗示主人公是独守空闺。"绣户慵开"既写夜半起床后情绪不佳,懒得开门,也表明独居寂寞,无人来过问。长夜漫漫,整理好残妆后又在灯下和衣而卧。窗外月影徘徊,见月思人,情不自禁。晓梦醒来,不觉一夜之间,东风吹绽了早梅。春日来临,也许会给她带来意外的惊喜。此词的主旨比较含蓄,可以理解成是写怀人情绪,"慵""独"等字眼,就透露出主人公的孤独无聊。孤独中望月,自有怀人之想。如果理解成一种人生的失意与烦恼,也未尝不可。人有烦恼,难以入睡,也时常会半夜起来,排遣苦闷。此词忧愁而不悲哀,以充满勃勃生机的春景作结,使词境充满着亮色,也喻示了主人公对未来充满着信心和希望。

采桑子　冯延巳

小堂深静无人到,满院春风。惆怅墙东。一树樱桃带雨红。　　愁心似醉兼如病,欲语还慵①。日暮疏钟,双燕归栖画阁中。

【注释】 ①"愁心"二句:心情愁苦得像喝醉了酒又像得了重病,想说却懒得说。

【评点】 词写相思的苦闷。上片写景,景中含情。由两个画面构成:小堂幽深静谧,没有人来走动造访,只有女主人公在小堂内徘徊;她来到庭院，但觉春风和煦，墙东盛开的樱桃花，经春雨滋润，更加鲜红艳丽。如此赏心悦目之景，理应激起主人公欢娱快乐的心绪和对生活的憧憬热爱。可此时主人公心情"惆怅"，如醉似病。"欲语还慵"，是不想说，无法说，也无人可以诉说，呼应开篇所说的"小堂深静无人到"。人有苦闷烦恼，需要交流宣泄，可她独自个守着小堂空院，无从诉说，孤独寂寞之情可想而知。正如北宋柳永《雨霖铃》词所言："便纵有千种风情，更与何人说。"到了日暮黄昏，双燕归栖，又使女人公的孤独情绪加深一层。无情燕子尚能出双入对，而多情人却只能空房独守。人不如燕，主人公自叹又自怜。

此词艺术上有两大特点，一是用乐景写哀之法，上片以春日美景写人的惆怅；二是用反衬法，下片以双燕衬人孤，以燕归反衬人未归。此词的情绪比较含蓄。女主人公见樱桃带雨，为何心生惆怅？是由春花易逝而生发一种青春不永的感伤，还是睹物怀人触发了某种往事？也许在墙东樱桃树下曾经有过"人约黄昏后"的故事？"欲语还慵"，也很含蓄。一可理解为她有确定的思念对象，她的心事对方知晓，只是因为现在的分离而无从诉说；也可理解为她的爱不被对方接受，或者是对方还不知晓，她只是单相思苦恋，她的苦闷无人可说。词中只说"愁心"，但因何而愁，不说破，不点明。人生原本有多种多样的苦闷忧愁，读者自可作多角度的自由联想，如果有着某种相似的经历或体验，更可以从中找到情感的共鸣点。

采桑子　冯延巳

画堂灯暖帘栊卷①，禁漏丁丁②。雨罢寒生。一夜西窗梦不成。　　玉娥重起添香印③，回倚孤屏④。不语含情。水调何人吹笛声⑤。

【注释】　①帘栊：即窗帘。栊，窗户。②禁漏：又称宫漏，用以计时的铜壶滴漏。丁丁：形容滴漏的声响。③玉娥：少女的美称。香印：见前冯延巳《鹊踏枝》"花外寒鸡天欲曙"注②。④屏：屏风。⑤水调：

唐五代流行的曲调名，调子比较感伤。

【评点】 此词写闺思，妙在有境界。首先展现在读者眼前的是，装饰华丽的闺房，深夜里华灯高亮，窗帘卷起，充满着温馨，暖意融融。室内一片宁静，铜壶滴漏的滴滴声响，也清晰可闻。床上佳人，睁开睡眼，回想梦中，空空荡荡，美梦未成。此时外面雨声方停，觉得寒意袭人。上片所写，不是同一时间的情景。从"灯暖"到"寒生"，写出了时间的进程，也表明主人公梦醒已久，难以入睡。"寒生"，不只是身体的寒冷，而主要是暗示心理的寂寞凄凉。"西窗"，指绣床放置的位置是在西窗之下，室内环境描写细致入微，使人如身临其境。"西窗"，又使人联想到李商隐的《夜雨寄北》："君问归期未有期，巴山夜雨涨秋池。何当共剪西窗烛，却话巴山夜雨时。"夫妻倚西窗共剪烛花，诉说别后相思，这是离别双方的心愿。词中主人公也许希望梦中能与爱人"共剪西窗烛"而未能如愿。"玉娥"可作两种理解，既可理解为女主人公本人，也可理解为主人公的侍女。也许理解为女主人公本人更贴切一些。因为"重起"，表明主人梦醒后无法入睡，多次起床独坐。室内仅她一人，更显得孤单。香印燃尽，重新起来添香，又表明时间过了很久，主人公还是没能入睡。添香后，心情惆怅，干脆靠在屏风上想心事。"不语含情"，写主人公"倚屏"的神态。默默"不语"，见出她的孤独；"含情"，暗示她正在想心事。然所想何事，作者有意不点明，是因为害相思，还是忆恋离别了的心上人，留待读者自去联想。

全词也没一句写情的句子，只通过环境的烘托，写主人公彻夜难眠。这样的好处是给读者留下联想自由创造的空间，因为失眠是人们都有的经历体验，至于失眠的原因则各有不同。不同的读者，可从中找到不同的共鸣点。词以外面传来一阵笛声《水调》歌作结，余音袅袅，含意深长。《水调》歌声情凄苦，既烘托主人公的心情，加强了她的内心苦闷，又暗示深夜不眠的不只是她一人，这世界上原来还有人跟她一样，也是彻夜难眠，正借笛声打发时光呢。结句将词的意境拓开一层，表现出了人生苦闷的普遍性。

采桑子　冯延巳

笙歌放散人归去①,独宿江楼。月上云收。一半珠帘挂玉钩。　起来点检经由地②,处处新愁。凭仗东流③。将取离心过橘洲④。

【注释】　①放散:歌舞结束散场。②点检:有察看、回想的意思。经由地:曾经走过的地方。③凭仗:凭持,依靠。④橘洲:湖南长沙湘江中有橘洲,又名水鸳洲,自古以产橘著名。此处当是指某处江洲。不宜坐实理解。

【评点】　此词的主人公当是一位男子。舞会结束,曲终人散,抒情主人公独宿江楼,室内珠帘半卷。他辗转床上,透过窗帘,遥望天空,只见微云散去,皓月初升。"举头望明月,低头思故乡。"也许他也像李白《静夜思》诗中所写,眼望窗外明月,想起了故乡,想起了亲人,无法成眠。于是干脆起床,漫步来到此前游乐之地,想重新体验原有的快乐。可所到之处,尽是愁苦。旧愁未解,新愁又生。"愁"为哪般?词人又不点明。

冯延巳词很善于制造一种优美的意境,传达一种朦胧的情绪。这种情绪,常常是人人都能感受到,但却很难说明其原因。这愁苦,可能是人生的某种失落,也可能是爱情的失意。此词中的主人公,也许是想起往日与所爱之人曾在此约会的情景,所以重来旧地,步步触景生情。她已远去,无影无踪,只好将一颗思恋的心托付东流江水,去追逐寻觅久别远离的爱人。也许主人公想起了过去曾在此聚会的一批志同道合的朋友,当时意气风发,无忧无虑,而今天各一方,彼此音讯不通,不知他们过得怎么样?有没有一份好心情?千万别像我这样自寻烦恼啊。

采桑子　冯延巳

昭阳记得神仙侣①，独自承恩。水殿灯昏。罗幕轻寒夜正春。　　如今别馆添萧索②，满面啼痕。旧约犹存。忍把金环别与人③。

【注释】　①昭阳：汉宫殿名，成帝时赵飞燕曾居此。泛指后妃所居宫殿。王昌龄《长信宫》："玉颜不及寒鸦色，犹带昭阳日影来。"②萧索：萧条冷清。③金环：戒指、耳环之类的饰物。

【评点】　这是一首宫怨词。写宫女的得宠和失宠。主人公得宠时，独承龙恩，夜夜侍奉着皇上，好似神仙，幸福得不得了。"水殿"二句，回忆往日"承恩"的具体情形。水殿里，罗幕深垂，灯光朦胧，两人寻欢作乐，快乐销魂。室内虽略有寒意，但沉浸在幸福中的佳偶，只觉四处生春，哪里感觉得到一丝寒意。"夜正春"，表面上是写季节，实际上是写双方春心荡漾，疯狂作乐。"后宫佳丽三千人，三千宠爱聚一身"的日子，毕竟不长。皇上见异思迁，主人公不久就被冷落，住进了冷宫"别馆"。如今住在冷宫"别馆"，成天独守空房，自然是无限寂寞，无限伤心，成天以泪洗面。结尾二句，写主人公内心的忧怨。她在想，当初住进别馆时，皇上私下有过许诺，答应不久就会召幸。旧约还在，他怎么忍心把金环送给了别人呢？用今昔对比的手法，写出主人公命运的变化和心理过程，是此词的特色。

采桑子　冯延巳

画堂昨夜愁无睡，风雨凄凄。林鹊争栖。落尽灯花鸡未啼。　　年光往事如流水，休说情迷。玉筯双垂①

只是金笼鹦鹉知。

【注释】 ①玉筯（zhù）：玉制的筷子。代指女性的眼泪。

【评点】 此词写闺怨，艺术上既用正面烘托法，又用了反衬法。深闺画堂中的女子，愁闷得彻夜未眠。窗外风雨交加，正面烘托悲凉氛围。屋檐下鸟鹊成双结归栖，反衬闺中人的孤独。室内灯花落尽，一则表明时间渐晚，二则表明失眠后无聊寂寞，数着灯花苦熬时光。灯花落尽而鸡未啼、天未亮，写出失眠人长夜难熬。上片写景，景中有人，景中有情。过片写欢乐的往事不堪回首，青春年华徒然流逝，怀人的苦闷中又增一层生命的感伤。满腹衷肠，只有鹦鹉知晓，而无人过问关心，更显孤独无奈，只好独自垂泪，独自伤心。此词写景生动，像是流动的电视镜头，随着时间的推移逐步向前递进。第一个画面推出的是入夜时分，女主人公夜宿画堂，一副愁眉苦脸的模样，无法入睡。接着镜头移到户外，风雨交加，摇撼着花木，敲打着窗户，室内孤独的失眠人更感凄凉。接着镜头由窗户延伸到屋檐下，成双结对的林间鸟鹊飞来躲避风雨，软语商量，神情甚是亲密。既让闺中人羡慕，又让她觉得孤独。第四个镜头又转入室内，主人公躺在床上，翻来覆去，睁着双眼，百无聊赖地数着灯花。过片两句可看作是画外音，解说主人公的心情。第五个是特写镜头，只见主人公双泪长垂，泪水在灯光的照射下晶莹闪亮。最后镜头推向门边金笼里的鹦鹉，也许鹦鹉在替主人说好闷好闷，好苦好苦啊。鹦鹉知道女主人公的心思，它究竟会说什么来安慰女主人，咱们可以有不同的想象、作不同的设想。

采桑子　冯延巳

洞房深夜笙歌散①，帘幕重重。斜月朦胧。雨过残花落地红。　　昔年无限伤心事，依旧东风。独倚梧桐。闲想闲思到晓钟。

【注释】 ①洞房：新婚夫妇的新房。

【评点】　此词好像是写一场婚变过后的伤心痛苦。主人公是女性。上片回忆结婚时的情景。洞房花烛之夜，嘉宾满座，笙歌齐作，好不热闹。新婚之夜给她留下了刻骨铭心的记忆，她清楚地记得，宾客散后，窗外朦胧的月光透入帘内，新人拉下帘幕，极尽温存。但新婚不久，婚姻就破裂，彼此分离。"雨过残花落地红"，是写残春天亮后的景物，但具有象征意义。残花经暴雨的摧残，凋零枯落，庭院里遍地都是落红。双方的婚姻也许是受到外力的干扰而告破裂，就像雨打残花一样。花，也象征着青春和幸福。花被摧残，象征着遭受婚变之后，她红颜消逝，幸福也不再有。此词艺术上含蓄蕴藉，表达方式是欲吐还吞，很符合主人公痛苦难诉的心态。过片刚说往年伤心事，紧接着一句"依旧东风"，将思绪切回过去，并用景物虚写，而不明说。这一是因为如今的无限伤心事，不知从何说起；二是痛苦之中思绪凌乱，一忽儿想到过去的欢乐，一忽儿又念及现在的痛苦。故东风一起，又勾起了对往事的回忆。也许她想到了当年某个晚上，两人同沐东风，相互依偎的情景。东风依旧，而人事已非。

词中写愁，最常用的写法是写彻夜难眠，或写梦境的虚幻无凭。此词打破了这一思维定式，虽是夜晚，但不写主人公的睡眠，而是写她一夜独倚梧桐树下，思前想后，直到天亮。这种通过具体的生活细节和心理刻画来表现情感，比直说"真的好想你"或"真的好痛苦"要形象生动得多。当然，此词还可以作别的理解，说是婚变，只是一种诠释理解，并不是唯一的解释。

采桑子　冯延巳

花前失却游春侣，独自寻芳[①]。满目悲凉。纵有笙歌亦断肠[②]。　　林间戏蝶帘间燕，各自双双。忍更思量[③]。绿树青苔半夕阳。

【注释】　①寻芳：寻春。②纵：纵然；即使。③忍：不忍；怎忍。

【评点】　此词写失恋的痛苦。上片用对比的手法写今昔悲欢。往昔花前游春,有情侣陪伴,可谓春风得意。如今被人抛弃,"失却"了游春的伴侣,独自踏春寻芳,触目伤心,所见一草一木,既勾起对当年相聚时温馨快乐的回忆,又引发现在被抛弃的羞愧痛苦。此时的心情,真是痛苦不堪,即使有笙歌乐舞,也会柔肠寸断,更何况是"满目悲凉"呢。

下片用反衬法进一步写主人公的孤独。林间蝴蝶,成双结对,追逐嬉戏,让主人公触景生情。当年结伴游春,不也像那林间戏蝶么,那时是多么快乐幸福,可如今游春,却是踽踽独行。林间戏蝶,已让人感到孤独;独自回到室内,独坐还独卧,可帘间燕子又是出双入对,令人羡慕又伤心。词以景物结束,戛然而止,意味无穷。夕阳残照中,主人公徘徊在庭院绿树之下、青苔之上。庭院有青苔,见出环境冷清,很少有人来往走动,表明失恋被抛弃之后,长期独居。夕阳残照,见出时间的推移,自早至晚,主人公都没有一份好心情,都是在痛苦中度过。词的抒情主人公,是男性还是女性,很难判断。作者原本无意于点明,因为他所写的不是某个具体的人和事,而是一种普遍性的情感。因此,不同的读者可根据自己的体验去确认主人公的性别。

酒泉子　冯延巳

庭下花飞。月照妆楼春事晚。珠帘风,兰烛烬①。怨空闺。　　苕苕何处寄相思②。玉筯零零肠断③。屏帏深④,更漏永⑤,梦魂迷。

【注释】　①兰烛:烛的美称。烬:烧残。②苕苕:同"迢迢",形容遥远。③玉筯:玉制的筷子,代指女子的眼泪。零零:形容落泪的样子。④屏帏:屏风和帐幕。⑤永:指时间长。

【评点】　这是一首闺怨词,写思妇怀人。唐宋词里写相思闺怨,几乎无一例外是把季节放在春秋两季,很少写冬夏的情景。这是词人的一大心理定式。古人惜春又悲秋，夏怕热冬惧寒，一年四季，没有一天有个好心情。把相思情放在春秋二季来表现，容易做到情景交融。在古人眼里，春光易逝，春花易落，秋景肃杀冷清。春秋两季本令人苦闷，把相思放置在春秋两季里，便于营造感伤的抒情氛围。冯延巳这首词也是把背景安排在暮春的晚上。

上片写白天，主人公坐在妆楼，春风吹来，卷起窗帘，从窗户向外一望，庭院里落花纷飞，不由得引起对红颜消逝的伤感。室内兰烛烧尽，留下残渣，无心去收拾点燃。长年空闺独守，又烦又怨。这位女子还有点"骨气"，不敢怨，至少敢"怨"，不像其他词作中的女子，只是自伤薄命，自叹命苦，独自个伤心流泪，不敢责备埋怨对方。下片写晚上。薄情郎一去无音讯，主人公想寄书信问候，也不知寄往何处。想到这没有尽头的相思，她就眼泪涟涟。更深夜长，独居一室，觉得屏风帘幕特别的幽深冷清。在绵绵不断的相思中，主人公慢慢地进入了梦乡。但愿她做的是好梦。

酒泉子　冯延巳

云散更深。堂上孤灯阶下月。早梅香，残雪白。夜沉沉。　　阑边偷唱击瑶簪①。前事总堪惆怅。寒风生，罗衣薄，万般心。

【注释】　①阑边：栏杆边。偷唱：轻轻地唱。

【评点】　此词上片写景，下片写情，是小令中最常见的结构方式。上片写景，景中有人。深夜，天空中云彩渐渐散去，台阶下月光如水；残雪在月光的照耀下晶莹闪亮，雪里寒梅散发出阵阵幽香，沁人心脾。室内孤灯一盏，灯光昏暗。景物中没有出现抒情主人公，其实都是室内未眠人所见。她的视线由外入内，由远而近，描写层次井然有序。她先举头望窗外天空，见云散月明；再俯首看庭院，见阶下月影和白雪。环顾室内，一盏孤灯，照着离人。

下片写主人公来到户外栏杆旁,一边用瑶簪击节敲打栏杆,一边轻轻地唱着忧怨的曲调。这个细节描写比较新颖,冯延巳在其他词作中还没有描写过。其时寒风吹来,身着单薄的罗衣,顿觉寒意袭人。想起从前事,原本就觉得惆怅,寒风袭来,更是从身体到心理,都是透心凉。此词的主旨比较朦胧模糊。从"击瑶簪"看,词的主人公肯定是位女性。但"前事"是什么,是婚姻的破裂,还是失恋,或者是人生的其他变故,词人故意不说破,只说"前事"留下的"万般心",难得开解,难得释然。人生当中本有很多或幸或不幸的往事,令人回忆,令人沉思。读了这首词的"万般心",想起往事,也许会有同感。

酒泉子　冯延巳

庭树霜凋。一夜愁人窗下睡,绣帏风,兰烛焰,梦遥遥。　金笼鹦鹉怨长宵。笼畔玉筝弦断。陇头云[1],桃源路[2],两魂消。

【注释】　[1]陇头:即陇山,六盘山南段,在今陕西陇县西北。泛指边塞。[2]桃源:传说东汉时刘晨、阮肇入天台山采药迷路,遥望山上有一桃树,于是攀沿而上。后遇二仙女,结良缘。唐五代人称其地为桃源,并用作咏仙凡艳遇或咏艳情的典故。

【评点】　词写秋夜闺思。词直接点明主人公是"愁人"。心中愁闷,肯定睡不好。你瞧,她躺在窗下的绣床上,想在梦中与爱人相会,可寻遍天涯海角,也不知薄情郎在何方游荡。美梦难圆,后会更遥遥无期。只好睁着眼想心事,看着秋风掀起窗帘,心想要是他突然回来,该有多美。烛光闪烁,摇曳不定。她俩曾偎依着剪烛花,如今独对流泪的蜡烛,心中也在流泪。这时又秋光过尽,严霜摧落了庭中树叶,想到自己红颜又消逝了一层,相思的苦闷夹杂着对人生的感伤,怎能睡得着。

下片不说人怨长夜难熬,而说金笼的鹦鹉也在埋怨长夜漫漫。借物写人，比直说更有韵味。鹦鹉学舌，主人唉声叹气鹦鹉也学着长吁短叹。换个角度说，连鹦鹉都怨夜长难熬，更何况多愁善感的女主人呢。唐宋诗词中写愁，常借弹奏乐器来表现，就像咱们现代人心烦了听听音乐一样。不过诗词里借乐言愁，有两种写法，一是写愁人借弹乐器抒发苦闷；一是写把乐器闲置一旁，懒得去弹，借以表现心中烦恼，干什么都没情绪。本词是后一种写法。鹦鹉笼边玉筝的弦早已断绝，懒得去修复，更别说弹奏了。足见女主人情绪低落。诗词创作，讲究虚实结合，前面都是实写环境，结尾三句虚写，将境界宕开一层。"陇头云，桃源路，两魂消"三句，想象离人远在边塞，像陇头云，到处飘荡，无法寻觅；又猜疑他是否在桃源仙境中寻花问柳，但无从知晓。想来真让人"魂消"肠断。

酒泉子　冯延巳

芳草长川①。柳映危桥桥下路②。归鸿飞③，行人去④。碧山边。　　风微烟淡雨萧然。隔岸马嘶何处。九回肠，双脸泪，夕阳天。

【注释】　①长川：河边平坦的地带。②危桥：高桥。③归鸿：北飞的大雁。④行人：离家远行之人。此指抒情主人公所送之人。

【评点】　这是一首女子送男子的离别词。开篇写送别前的场景，由两个写景的空镜头组成：远处长川芳草绵绵，一望无际，境界空阔；近处高桥旁柳色掩映，桥下道路人来人往。两个场景烘托出离别的氛围。"归鸿"三句写送别时的场面：天上鸿雁高飞，路上离人远去，送行者一直目送着行人消失在碧山边。下片写离别后情景。离人去后，闺中人仍恋恋不舍，冒着凄凄风雨，站在河边离别地翘首远望，偶尔听到对岸几声马的嘶鸣，却不见行人的踪影，不禁痛断回肠，潸然泪下。结句"夕阳天"，表明时间的进程。从"雨萧然"到"夕阳天"，女主人公都在隔江送别，从侧面写出其情深情痴。"夕阳天"本是行人归家时节，而此时却送离人远去，时序与心理的反差,也引起精神的痛苦。此词有景物的描写,有事件(送别)的叙述,有人物心理活动和外貌神态的刻画,意境完整而浑成。

《酒泉子》调的用韵方式比较特别,如果用此调进行创作,需特别留意。此调上下片各五句,上下片首尾二句叶平声韵;中间三句可叶韵也可不叶,如叶韵,一般是上片第二、第四句叶仄声韵,或上片第二句与下片第二句叶仄声韵。本词上下片的第一、第五句"川""边""然""天"叶韵;上片第二、第四句与下片的第二句"路""去"和"处"叶韵。韵位跳跃,平仄换叶,是《酒泉子》调用韵上的一大特点。

临江仙 冯延巳

秣陵江上多离别①,雨晴芳草烟深。路遥人去马嘶沉。青帘斜挂②,新柳万枝金。　　隔江何处吹横笛,沙头惊起双禽。徘徊一饷几般心③。天长烟远,凝恨独沾襟。

【注释】　①秣陵:地名,即今江苏南京。②青帘:悬挂在酒楼前的青布幌,以作标志。唐郑谷《旅寓洛南村舍》:"白鸟窥鱼网,青帘认酒家。"③几般心:几多心事。

【评点】　此词写离别,既写景如画,又具有声响效果。秣陵江畔,雨过天晴,芳草萋萋,酒楼前酒旗迎风招展,新柳染绿。爱人骑马远去,抒情主人公独自个江边守望,孤独寂寞之情油然而生。马嘶鸣,笛声怨,给优美宁静的画面增添了音响。上片以乐景写哀,下片用对比手法,以沙洲上鸟儿双宿双飞反衬闺中人的孤独。爱人远去,想登高一望,可天长长烟漫漫,不见爱人踪影,女主人公不禁泣下沾襟。此首构思、意境与前一首《酒泉子》很相近。送别地点都是在春日江边,离人都是乘马而去,离人去后都只闻马嘶而不见人影,都注意对送别环境的渲染。但意象组合的方式和意境的构成方式不同,因而其艺术效果和艺术魅力也不一样。由此我们可以体会到,所谓"艺术的陌生化效果",既可以体现在思想内容上,也可以体现在形式技巧上。

临江仙　冯延巳

南园池馆花如雪,小塘春水涟漪。夕阳楼上绣帘垂。酒醒无寐,独自倚阑时①。　　绿杨风静凝闲恨,千言万语黄鹂。旧欢前事杳难追。高唐暮雨②,空只觉相思。

【注释】　①阑:栏杆。②高唐暮雨:宋玉《高唐赋》写楚王梦中与巫山神女相遇,神女自称"旦为朝云,暮为行雨"。词中常用此故事指男女欢会。

【评点】　此词写春日怀人。主人公是位女性,时间是在黄昏时分。主人公酒醒后睡不着,起来"倚阑"眺望。只见南园内春风习习,落花如雪片飞舞,小塘里微波荡漾。夕阳的霞光照射在垂落的绣花窗帘上,鲜艳夺目。这优美的景色,引起的不是欢乐的情绪,而是一层淡淡的感伤。词人精心选择的物象,都有象征意味。落花,让主人公联想到爱情的失落,红颜的消逝;春水涟漪,也掀起心头的波澜;日落黄昏,是行人归家时节。眼见夕阳西下,自然会生发怀人的情绪。这就是所谓景中含情。过片意脉不断,续写"倚阑"所见。风停柳静,柳树上黄鹂叫个不停。从造境的效果上说,动静结合。从情意的表达上看,又是睹物生情。绿杨风静而接以"凝闲恨",暗示今昔的悲欢。当年与情郎"月上柳梢头,人约黄昏后",在柳荫底下携手漫步,何等浪漫惬意。而今独对绿杨,自然是闲愁暗生。黄鹂的千言万语,也说不尽此时心头的愁恨。此词写的不只是精神的忆恋,情感上的相思,更有生理的欲望。高唐暮雨,就是男女欢会的一种隐含曲折的表达方式。情郎不在,欢会难成,只能空相思。

清平乐　冯延巳

雨晴烟晚。绿水新池满。双燕飞来垂柳院。小阁画帘高卷。　　黄昏独倚朱阑①。西南新月眉弯②。砌下落花风起③，罗衣特地春寒④。

【注释】　①朱阑：红色栏杆。②新月眉弯：初生的新月像女子弯曲的眉毛。③砌下：台阶下。④特地：特别；格外。

【评点】　此词过片为词眼，全词写的都是黄昏倚栏人所见。写景如画：傍晚时分，雨过天晴，池塘水涨，绿波荡漾，烟雾漫漫。庭院内垂柳依依，闺阁里画帘高卷，寂无人声，春燕双双穿过帘幕，飞入画阁新巢。过片镜头切换到倚阑人，交代抒情主人公身份，又点明时间。下面又由两个俯仰所拍的镜头构成两幅画面。仰拍：新月初升，如眉弯弯；俯拍：台阶下落花片片，随风飘舞。结句写倚阑人身着薄薄罗衣，感到寒意袭人。全词没有情绪的直接流露，题意比较含蓄朦胧。我们可以透过"独倚朱阑"的"独"字，窥测到主人公的孤独感；双燕飞来，更反衬出倚阑人的孤独。而黄昏时分倚朱阑，又有怀人之意。风起花落，春光流逝，可引发倚阑人红颜消逝青春不再的忧怨。究竟是哪一种情绪，很难坐实，读者可从不同的角度作自由的联想。不直接言情而情含景中，正是此词一大特色。这种含蓄朦胧的表情方式，短处是读者不容易把握作者的用意和作品的情感内涵，长处是给读者留下极大的自由创造、想象、解读的空间。读者可以深入意境之内，根据各自的人生体验和审美经验对词中主人公的内心世界做出阐释。

醉花间　冯延巳

晴雪小园春未到。池边梅自早。高树鹊衔巢①，斜月明寒草。　　山川风景好。自古金陵道②。少年看却老。相逢莫厌醉金杯③，别离多，欢会少。

【注释】　①衔巢：衔草筑巢。②金陵：今江苏南京。③莫厌醉金杯：频举金杯，莫辞一醉。厌，厌倦，引申为满足。莫厌，意思是莫辞。

【评点】　这是一首祝酒词。上片写小园虽残留有冬雪，春天未到，但池畔梅开，已透露春天的气息。寄寓及时珍惜春光之意。下片写山川永恒，而人生短暂。少年转瞬之间变成了老者，更要把握珍惜现在。何况人生离多聚少，今日朋友喜相逢，怎能不开怀畅饮！千万莫辞一醉哟。祝贺祈祷之词，最容易写成口号式的呼吁或枯燥的说教，而此词却注意形象的描写和意境的构造。上片从不同的角度写早春景致，形象鲜明。一句一景，都是表现早春气息。首句写小园晴雪，次句写池边梅开，第三句林间鸟鹊筑巢，第四句写月照寒草，从不同的角度展现出春光将至。惜春人本应及时把握春光，在春光来到之前就应注意珍惜。珍惜春光实质是珍惜每一寸光阴，强化时间观念，提升生命意识。人生有限，生命短暂，人应该利用每寸光阴来实现人生的价值，把握每寸光阴享受人生的幸福快乐。人们常说，良辰、美景、赏心、乐事，四者难并。今日虽非良辰，但山川风景好，又逢朋友聚会，正是赏心乐事，怎能不开怀畅饮呢！在祝酒中写出人生的感慨，劝告中寄寓着对人生的感悟，耐人寻味。

醉花间　冯延巳

林雀归栖撩乱语。阶前还日暮。屏掩画堂深,帘卷萧萧雨。　　玉人何处去①。鹊喜浑无据②。双眉愁几许。漏声看却夜将阑③,点寒灯,扃绣户④。

【注释】　①玉人:指情人,情郎。②鹊喜:古人以为门前鹊噪,行人将归。故说"灵鹊报喜"。敦煌词有《鹊踏枝》写道:"叵耐灵鹊多满语。送喜何曾有凭据。几度飞来活捉取。锁上金笼休共语。比拟好心来送喜。谁知锁我在金笼里。欲他征夫早归来,腾身却放我向青云里。"浑:简直。无据:不可靠;不可信。③夜将阑:夜将尽;天将亮。④扃(jiōng):关闭。

【评点】　这是一首怀人词。日暮时分,主人公独居画堂。耳听窗外雨声萧萧,林雀叽叽喳喳,争着归巢栖宿。室外的雨声、雀声与画堂的宁静构成动静结合的艺术境界,形成一种浓郁的抒情氛围。词人造境,都是为写情服务。雨声潇潇,气氛阴沉冷清,独居一室的主人公心绪自然倍感凄凉。林雀归栖,而离人久出不归,人与雀的对比中,自会油然而生怀人的情绪。故过片接写主人公的沉思:情郎到哪去了呢?正在愁闷之中,忽听门前灵鹊鸣叫,主人公心头一喜,好兆头!莫非是情郎哥要回了?主人公情绪一振,乐调、词境也由低沉转入轻快。过了好久,仍不见离人身影,主人公心头暗恨顿生,原来鹊儿报喜,一点儿也靠不住。鹊儿也来哄骗本小姐,真是气煞人也!主人公无奈,紧锁双眉,独自生闷气。直到更深夜尽,也睡不着,点着孤灯,关紧门户,数着那滴滴答答的更漏,一分一秒地苦度时光。词的情调又由高转低。情调顿挫生姿,抑扬起伏,是此词的一大特点。

应天长　冯延巳

朱颜日日惊憔悴。多少离愁谁得会①。人事改，空追悔。枕上夜长只如岁。　　红绡三尺泪②。双结解时心醉。魂梦万重云水。觉来还不睡。

【注释】　①谁得会：谁能理解。②红绡：红色丝帕。

【评点】　此词写闺思，不用景物渲染，纯用白描的手法直接抒发忧怨。其妙处在于曲折地写出了主人公心态的变化。开篇写因分离已久，红颜消逝。"日日惊憔悴"，极见相思沉重。日日为相思所苦，故红颜一天天地消逝。最让人烦恼的不只是这无尽的相思，更有无人理解的苦闷。如果对方也知晓自己在想他，他也在忆恋着自己，倒还有些安慰。可这单相思，实在有些痛苦。"人事改，空追悔"，说明"离愁"不只是一般的离别之愁，而是婚变后双方分手离婚造成的心灵创痛。也许在这场婚变中，女主人公负有责任，所以他不埋怨对方，只后悔自己当时意气用事。因为发生了婚变，对方自然不会再想她，再回头看开篇的"憔悴"，那就不只是因为单相思，更是因为追悔莫及而伤心苦恼。每天都睡不着，长夜难熬，过一夜像是熬一年。夜夜不成眠，夜夜长流泪。擦泪的三尺红绡，正是当年两人双结同心的信物。睹物思人，想起往日两人共同生活的温馨，不觉心荡神迷，如痴如醉，恍恍惚惚进入梦乡。期待在梦中与他见上一面，道一声抱歉，说一声祝福，可万重云水阻隔，不见他人面。一梦醒来，更加烦闷。干脆不睡，睁着眼想心事。

此词结构上也颇有特点。词体在形式上分上下两片，结构安排一般是上下片各写一事，或上片写景，下片抒情，至少下片在内容上要有所转折。而冯延巳此词言情一贯到底，打破了常见的一分为二的结构方式。此词的白描手法，对后来北宋柳永的词有些影响。柳永也常用白描手法言情，如他的《忆帝京》："薄衾小枕凉天气。乍觉别滋味。辗转数寒，起了还重睡。毕竟不成眠，一夜长如岁。　　也拟待却回征辔。又争奈已成行计。万种思量,多方开解,只恁寂寞厌厌地。系我一生心,负你千行泪。"从语言到意境,都与冯词相似。不过柳词表现的是离别后的相思与后悔,冯词表现的则是离婚后的伤感和后悔。

应天长 冯延巳

当时心事偷相许。宴罢兰堂肠断处①。挑银灯,扃珠户②。绣被微寒值秋雨③。　枕前和泪语。惊觉玉笼鹦鹉。一夜万般情绪。朦胧天欲曙。

【注释】　①兰堂:意思同"画堂",屋的美称。②扃:关闭;锁上。③值:正逢;遇到。

【评点】　此词写失恋的痛苦。主人公可能是位歌女。当时兰堂宴上,两人一见钟情,草率地答应了对方的求爱。可一欢即散,从此再也见不到他的身影,得不到他的音讯。兰堂一遇,留下的是永久的相思忧怨。痴情的女主人公,抛不下、割不断这段恋情,每天夜里独伴孤灯,挑着灯花,关着门户,苦恋那薄情郎。百无聊赖,主人公上床休息。其时秋雨绵绵,秋寒浓重,薄薄绣被,抵御不了寒意。人本来就伤心,身体感觉到的寒冷更加重了心里的凄凉。

过片最传神。主人公如痴如狂,枕上含泪自语唠叨,诉说着相思,诉说着苦闷。不料声音太大,惊醒了笼中的鹦鹉。鹦鹉也学着她的话说过不停。她又是好气,又是好笑。一夜思前想后,千种怨悔,万般伤心,积郁心头,直到天色蒙蒙亮,她还在想他。真个是"心太软"。相爱总是简单,相见太难!

应天长　冯延巳

兰舟一宿还归去。底死谩生留不住[①]。枕前语。记得否？说尽从来两心素。　　同心牢结取。切莫等闲相许[②]。后会不知何处。双栖人莫妒。

【注释】　①底死谩生：唐宋熟语，意思是拼命尽力。"底死谩生留不住"相当于现在口语的"死活都留不住"。②等闲：轻易。许：许诺。指移情别恋，答应别人的求爱。

【评点】　这是一首送别词，写法比较别致，像是女主人公与情侣话别的"实况录音"。模拟女子的声态口吻，声情毕现。兰舟一夜，两人极尽缱绻温存。第二天男子执意要回去，女子软缠硬磨，死活也留不住他，只好让他回去。分手的时候，痴情的女子对男子千叮咛，万嘱咐：枕前说的话，你还记得吗？咱俩可是说好了心心相印，彼此恩恩爱爱，永不相忘。同心结你要系牢啊，不要转过背，就变了心。千万千万不要轻易地跟别人好上了啊。结尾两句，是女子送走男子之后的心理活动。分手之后，女子有点失落，不知今后什么时候在什么地方再能相会？昨夜的温存，让她销魂，让她兴奋，分离的失落感不久就烟消云散，她又仿佛回到了昨夜幸福的情景，心想，别人知道我俩双栖双宿，不知该有多忌妒。姐妹们，可别忌妒啊，你们也会找到如意郎君的。

谒金门　冯延巳

杨柳陌。宝马嘶空无迹。新着荷衣人未识。年年江海客。　　梦觉巫山春色[①]。醉眼花飞狼藉[②]。起舞不辞无气力。爱君吹玉笛。

【注释】 ①巫山：用宋玉《高唐赋》的楚王梦中与巫山神女相遇故事，指男女欢会。②狼藉：凌乱的样子。

【评点】 这是一首爱情词。写一位女子爱上了一位飘荡江湖的"江海客"。"梦觉巫山春色"，暗示两人同居。但写来比较含蓄。用醉眼看花，花飞满地来暗示同居后的情景。男子多才多艺，擅吹笛子。女子对他又爱慕，又敬佩。虽然狂欢一夜，起来后疲倦无气力，但为表达对情郎的深情挚爱，她还是振作精神，在情郎优美的笛声伴奏之下，尽情地跳了几圈舞。

当代词学大师夏承焘先生在《唐宋词欣赏》里说，"起舞"二句"极写她对他爱慕，造句十分雅健。这两句可能是寄托'士为知己者死'的意思，是士大夫阶层的情感。词到南唐一般文人手中，就多少表现一些士大夫的思想感情，这就超出于《花间词》的艳科绮语。冯延巳这首就是一个例子"。夏先生的话虽有一定的道理，但冯延巳此词是否别有寄托，其实很难确定。我们既可以同意夏先生的解释，也可以不赞成他的解释。词作一经产生，读者可以作多种理解，甚至可以作出作者意想不到的理解和诠释。夏先生的理解，也许并不完全符合冯延巳的原意。此词并没有跳出艳科的范围，"梦觉巫山春色"就是写艳情，写性活动。只是古人写来，用的是当时特定的语言，我们今天读来，觉得比较含蓄，没有挑逗性。

谒金门 冯延巳

风乍起。吹绉一池春水①。闲引鸳鸯香径里②，手挼红杏蕊③。　　斗鸭阑干独倚④。碧玉搔头斜坠⑤。终日望君君不至，举头闻鹊喜⑥。

【注释】 ①"风乍起"二句：写微风吹拂，池塘里微波荡漾，波纹如绉。②香径：花间小路。③挼（ruò）：揉搓。④斗鸭：古代的一种娱乐活动，将鸭子圈养在栏杆内，使其相斗为戏。《三国志·陆逊传》：

"时建昌侯虑,于堂前作斗鸭栏,颇施小巧。"⑤碧玉搔头:即碧玉簪。可用来搔头痒,故称。⑥闻鹊喜:参前冯延巳《鹊踏枝》(烦恼韶光能几许)注②。

【评点】 这是冯延巳的名作。传说南唐中主李璟最欣赏其中的"吹绉一池春水"(参前李璟《浣溪沙》第二首讲析)。此句妙在一"绉"字。作者将一池平静的春水比喻为平铺的丝绸,微风一起,波面微动,好似丝绸绉起。用电脑检索五代以前所有的诗歌,结果显示五代以前的诗人,从来没有用"绉"字来形容水波的,冯延巳首次使用,就显得特别新鲜,而且准确贴切,从而造成陌生化的艺术效应。有趣的是,虽然冯延巳此句在宋代也很有名,但宋代竟然没有人效仿,用电脑检索《全宋词》,也没有发现用"绉"来形容水波的。冯延巳本人倒是用过两次,他在《鹊踏枝》(芳草满园花满目)词里写道:"碧池波绉鸳鸯浴。"这表明他本人对创用"绉"字也很得意,大有"前无古人,后无来者"的自豪感。北宋词人晏殊曾写过"无可奈何花落去,似曾相识燕归来"的名句,他也是非常得意,不仅把这两句写到词中,还写到诗里。这种做法,与冯延巳有点近似。从意境上看,此句与宋代苏轼《念奴娇·赤壁怀古》的"怒涛卷霜雪"可谓相映成趣。苏词着重写大江波涛,以气势见长,富有力度美;而冯词则写池水的微波,以精致新颖取胜。

冯词此句不仅写景贴切生动,而且含有象征意味。池水微波荡漾,暗喻抒情主人公心头荡起涟漪,引发出后文怀人之意。香径漫步,手挼花蕊,似有重重心事。独看斗鸭,也是"闲"极无聊之举。结句写主人公心思的变化,也是波澜迭起。"终日望君",是期待;"君不至",是失望。鹊叫报喜,心情又由失望燃起团聚的希望与喜悦。主人公的心情,始终是如微波荡漾,既不平静,也不激烈。

有些词作,往往有句无篇,篇中有一二名佳句,但全篇并不精彩完整。冯延巳此词则是有句有篇,不仅开篇二句精彩,而且全诗意境完整浑成。主人公的动作神态、心情变化写得如图如画,如见其人。你瞧,主人公绕过池畔,又闲逗鸳鸯,漫步在花间小路上。时而折下花蕊,用手捻挼。不一会来到斗鸭栏前看斗鸭,看得忘情,不知不觉中碧玉簪掉落地上。而这一连串动作的描写,又都在暗示主人公的心绪。她"独"自在香径徘徊,而鸳鸯成双成对,反衬出她的孤独。手挼红杏,也显示内心的寂寞无聊。"独倚"栏杆看斗鸭,也会触景生情。斗鸭结对嬉戏,而自己却是孤零零地无人陪伴。其实她这一天都是在等候守望心上人,前面一连串的描写都是她在等候中打发时光的举动。等了一天,无影无踪,主人公陷入深深的失望。抬头之际,忽闻喜鹊报喜,失望的心情顿时开朗,内心充满着喜悦和企盼。词人精心安排的这一富有喜剧性的结尾,改变了一般闺思词沉重感伤的基调,造成一种轻松愉悦的意境。爱情相思,本来就是苦涩中有甜美,甜美中有苦涩。冯延巳此词,真正把握住了相思情的特点。

虞美人　冯延巳

画堂新霁情萧索①。深夜卷珠箔②。洞房人睡月婵娟③。梧桐双影上朱轩④。立阶前。　　高楼何处连宵宴。塞管吹幽怨⑤。一声已断别离心。旧欢抛弃杳难寻。恨沉沉。

【注释】　①霁:雨后转晴。②珠箔:珠帘。③洞房:连接相通的房间,也指新婚夫妇的新房。婵娟:形容月色美好。④轩:长廊。⑤塞管:指笛子之类的管乐器。

【评点】　此词用对比手法写离愁。一是将洞房中独居之人与户外梧桐树上双栖的鹊影进行对比,以衬室内人的孤独。二是将男子在外通宵达旦饮宴的欢乐与女主人公独守空房的苦闷作对比,以突出女子的孤独苦闷。一单一双,一悲一乐,对比鲜明。同时又用圆月反衬人的分离。新婚燕尔,男子就抛弃新娘外出寻欢作乐,留守的新娘独守空闺,深夜起来卷上珠帘,望着皎洁明亮的圆月,月圆圆而人不团圆,本令人伤感。而树上一对情侣鸟影又投射在长廊上,更引起她的羡慕和忧怨。鸟儿尚双栖双宿,人竟不如。百无聊赖,新娘起来站立阶前,企盼着薄情郎能回来。只听远处高楼上传来欢歌笑语之声，莫非薄情郎就在那寻欢作乐？可又不知他具体在何处高楼。即使知晓，也是枉然。沉思苦闷之际，传来一声凄凉幽怨的笛曲。这笛曲是那样的悲伤，以至于刚听一声就心情破碎，柔肠寸断。原来天下还有人跟我一样倒霉，跟我一样被人抛弃。想到这，她的心情好像轻松了一点儿。唉，算了吧！旧欢难寻，别想了吧。结句"恨沉沉"，写出了这新娘子的性格。她有点儿硬气，敢恨。不像别的被抛弃的女子，只是一味地独自伤心，不敢吐出怨恨。

虞美人　　冯延巳

碧波帘卷垂朱户。帘下莺莺语。薄罗衣旧泣青春。野花芳草逐年新。事难论。　　凤笙何处高楼月。幽怨凭谁说。须臾残照上梧桐①。一时弹泪与东风。恨重重。

【注释】　①须臾：一会儿；片刻。残照：指残月。

【评点】　这是一首闺怨词。但所怨何事，比较朦胧模糊。也许是女主人公没有找到佳偶，也许是被人抛弃，也许是离别后久无音讯。我们还可以想到人生的幽怨，人生的失意。说到寄托，这首词倒可以让我们产生联想。词中也许包含了词人自己的感受和体验，也许是他有意借女子的幽怨来表达年华虚度的感伤。用一连串的"也许"，是想表明这些理解都是假设。作者既不明说，我们只能作出假设性的诠释。词的境界写得很和谐优美。主人公卷起珠帘，池上碧波荡漾，帘下黄莺低唱，有画面，有声响。景色原本怡人，可女主人公无心欣赏这些，她身着破旧罗衣，为青春而哭泣。罗衣旧，不是说她穷，而是表明她要么被抛弃，要么成天为情所苦，为情所困，无心更换。"泣青春"，读来触目惊心。眼看着庭院野花芳草年年变幻，自己的青春一年年地流逝，而未来的前途命运，仍然是渺茫无定。火红的青春，火红的年华，在这冷冰冰孤零零的寂寞生活中消逝，怎不让人痛心惋惜！而这苦闷，无人理解，无人知晓，无处诉说。梧桐上破碎的残月，可知我的心情？

为何眨眼的工夫,你也残缺了半边?你也在为我而伤心么?月儿不语。临风弹泪,怨恨重重。她恨谁?恨命运?恨捉弄她的人?恨无形的恶势力?人生难免怨恨,心中也有怨恨的对象,但常常不能明说。此词就表达出人类的这种心态。

虞美人　冯延巳

玉钩鸾柱调鹦鹉①。宛转留春语。云屏冷落画堂空②。薄晚春寒无奈落花风③。　　寨帘燕子低飞去。拂镜尘鸾舞④。不知今夜月眉弯。谁佩同心双结倚阑干。

【注释】　①玉钩:帘钩的美称。鸾柱:柱有两种理解。一是指筝瑟等弦乐器承弦的柱子。柱上饰有动物图案。如李白《长相思》:"赵瑟初停凤凰柱,蜀琴欲奏鸳鸯弦。"唐路德延《小儿诗》:"帘拂鱼钩动,筝推雁柱偏。"二是指屋中的柱子。如唐韩偓《绕廊》:"绕廊倚柱堪惆怅,细雨轻寒花落时。"这里当理解为屋中柱子,因柱子上装饰有鸾鸟的造型或图案,故称鸾柱。调鹦鹉:鹦鹉调舌学语。②云屏:绘有云彩的屏风。③薄晚:接近傍晚;快到黄昏。④拂镜尘鸾舞:意思是拂去鸾镜上的灰尘。鸾舞,镜中饰有飞翔的鸾鸟。按正常语序,此句应是"拂鸾舞镜尘"。还可以理解为拂去镜面灰尘后,见到镜中鸾凤飞舞。鸾镜,包含着一个典故。传说一鸾鸟被捉,三年不鸣。后于镜中自顾身影后,哀鸣而死。事见《艺文类聚》卷九十引南朝宋范泰《鸾鸟诗序》。后世因此常把镜子称作鸾镜,有时用作妇女失偶自伤的典故。

【评点】　此词写闺怨。全词虽不见主人公的身影,但处处可以感觉到主人公的存在。鸾柱上鹦鹉调舌,学说、模仿着主人惜春留春的话语。这正面写鹦鹉学语,侧面写女主人惜春留春的心语。屏风冷落,画堂空空,寂无人声,写出环境的寂寞。这是女主人公对环境的感受。就像李清照《声声慢》词所写的"寻寻觅觅,冷冷清清"一样。到了黄昏,春寒渐重,是主人公的感觉;风吹花落,是主人公目中所见。"薄晚"一句,意象密集丰满,造语矫健。有屋外景,有室内人,既写出季节时令,又写出了人物的心情和身体的感受。风吹落花,是室外之景;眼见落花,顿觉春光流逝,不可逆转,无可奈何。这是主人公惜春的心情;风送春寒,是室内人的身体感受。北宋晏殊很喜欢冯延巳词,词风也相近。晏殊《浣溪沙》词的名句"无可奈何花落去",也许是据"无奈落花风"加以点化而成。成双的燕子穿帘而去,一则表明春光过尽,二则反衬人的孤单。前一首词"泣青春",这首词是留青春。可青春难留。镜中尘满,好久没有擦拭。女为悦己者容,既无悦己者,女主人公也就无心对镜梳妆了。此时捡起尘镜,擦去灰尘,忽见镜中鸾凤飞舞,又触景生情:鸾凤双舞,而自己却独守空房。帘间燕,镜中鸾,加倍写出人的孤独。自己孤栖独宿,想象今夜月下,不知有何人喜结同心,双倚阑干。这说是忌妒别人也可,说是羡慕别人也行,说是祝福别人也未尝不可。苦闷之人,总会有许多遐想。希望别人比自己过得好,别像自己这样老是独守空闺。这后一种解释,多少带点现代意识,不知一千多年前的词人冯延巳有没有这种超前的观念?但愿他有。

虞美人　　冯延巳

春山淡淡横秋水[①]。掩映遥相对。只知长作碧窗期。谁信东风吹散彩云飞[②]。　　银屏梦与飞鸾远[③]。只有珠帘卷。杨花零落月溶溶。尘掩玉筝弦柱画堂空。

【注释】　①春山淡淡:指画的眉色淡薄。唐宋诗词中常用"春山"、"远山"来形容画眉。宋赵彦卫《云麓漫抄》卷三说:"前代妇人以黛画眉,故见于诗词,皆云'眉黛远山'。今人不用黛而用墨。按《墨谱》:'周宣帝令妇人以墨画眉,禁中方得施粉黛。'则知墨填眉,始于后周。"冯延巳《鹊踏枝》(几度凤楼同饮宴)也写到"双眉敛恨春山远"。秋水：指眼波。②彩云飞：比喻离人。李白《宫中行乐词》："只愁歌舞散，化作彩云飞。"③银屏：屏风的美称。飞鸾：暗用弄玉吹箫，夫妇成仙乘凤飞去的故事。参李煜《谢新恩》（秦楼不见吹箫女）注①。鸾，凤凰一类的鸟。

【评点】　此词写闺思，艺术上颇见匠心。用春山比喻画眉，秋水比喻眼神，本来就很形象别致，又用春山秋水"遥相对"，写双眼长睁难眠，就更觉新鲜。"春山淡淡"，比喻画眉淡薄，暗示主人公在枕上翻来覆去，擦残了画眉。这比直写失眠既具形象性，又有兴味，静态的描写中含有动态的过程。"横秋水"，也写出了主人公眼波有神，泛着泪光的神态。北宋王观《卜算子·送鲍浩然之浙东》词说："水是眼波横，山是眉峰聚。欲问行人去那边，眉眼盈盈处。"又旧曲翻新，倒过来用眼波喻水，眉峰喻山。也很新鲜。王观词的构思，似乎是从冯延巳此词首句变化而出。

此词善用曲笔。主人公之所以长夜难眠，是因为原指望与爱人能长相厮守，没料到竟然被迫分离。但此意又不直说，而用"东风吹散彩云飞"来表现，含蓄曲折，意味深长。从这里可以体悟"婉约"词的特色。东风吹散彩云，有画感，让人联想到天空中彩云的流动变化，意境开阔。彩云被东风吹散，暗示这场分离是受外力的干预，双方都无力反抗。就像彩云任凭东风摆布无力自持一样。伤心中夹杂着无奈。分离之后，女主人公梦魂缠绕，希望在梦中能像萧史弄玉那样双双飞去，做神仙伴侣，然美梦难成。环顾室内，珠帘高卷，画堂空空。环境是冷冷清清，心情自然是凄凄惨惨切切。原来是天天弹奏的玉筝，如今积满了灰尘，可见多时不用，暗示她这种坏心情已不止一日。"杨花"句，造语清丽。写情中插入此外景，从写情的角度说，是将情绪稍作收敛停顿，不至于一泄无余；从构境的角度说，增一外境，既丰富词的意境，又可以烘托情绪。北宋晏殊《无题》诗的名句"梨花院落溶溶月，柳絮池塘淡淡风"与"杨花零落月溶溶"，在造语用字上有相似之处。晏殊诗句或许是从冯词中点化而出。

归国遥　冯延巳

何处笛。终夜梦魂情脉脉①。竹风檐雨寒窗隔②。
离人数岁无消息。今头白。不眠特地重相忆。

【注释】　①脉脉：多情的样子。②竹风檐雨：竹林风吹声，屋檐雨滴声。

【评点】　这是古代的一曲"心太软"。"离人"外出数年一点消息也没有，可见那位男子汉大丈夫的无情。而在家守候的女主人公仍是痴迷执着地忆恋。她年年月月，彻夜都是情意绵绵地魂牵梦绕，想着他，恋着他。从年青到年老，从满头乌丝到两鬓斑白，都痴情不改。梦中不见人影，醒来不睡，还要"特地""相忆"。"重相忆"的"重"字，表明她不止一次地"相忆"，而是多次反复地相忆。正是这执着痴迷的苦恋相忆，让人感动，让人心颤。着力表现出女主人公的深情、痴情，是此词一大特色。

而意境优美，是又一特色。上片既有画面感，又有声响。画面的主体场景是室内，女主人公在昏暗的居室中似睡非睡，忽然远处传来一声笛曲，惊醒了她的相思梦，伴随笛声传入室内的，还有竹林的风声和屋檐下的滴雨声。笛声、风声、雨声，声声入耳，让女主人公彻夜难眠。凄凉的氛围，烘托出主人公心情的苦闷。"寒窗"之"寒"，不仅是写身体感觉的寒冷，更是写心理的凄凉。当代流行歌曲，往往以写情见长，但缺乏意境，不太注意对环境氛围的描写，因而诗意不浓，歌词文本的文学性不强。读一读冯延巳这类词作，也许可以得到一些启发。

归国遥　冯延巳

春艳艳。江上晚山三四点。柳丝如剪花如染①。

香闺寂寂门半掩。愁眉敛。泪珠滴破胭脂脸。

【注释】　①柳丝如剪：指柳枝刚泛新绿。化用贺知章《咏柳》诗："碧玉妆成一树高，万条垂下绿丝绦。不知细叶谁裁出，二月春风似剪刀。"

【评点】　唐宋词爱情词，绝大多数是写爱情失落不完满的苦闷和相思的忧愁，很少写圆满爱情的幸福。而主人公又常常是女性，女性爱哭，所以写哭泣流泪就成了唐宋爱情词表达情感最常见的手段。而词人总是争奇斗巧，不断追求创新，把一掬泪水，写得千姿百态。你瞧，泪水有颜色，既有胭脂泪，如李煜的《乌夜啼》："胭脂泪，留人醉。"又有粉泪，如冯延巳《更漏子》："和粉泪，一时封。"还有红泪，如晏殊《谒金门》："滴尽楚兰红泪。"更有血泪，如杜安世《菩萨蛮》："缄封和血泪。"

泪水有形状，有的说眼泪如珠，如冯延巳《鹊踏枝》："萧索清秋珠泪坠。"有的说眼泪如玉筯，如冯延巳《采桑子》："玉筯双垂。"冯延巳《酒泉子》："玉筯双零零肠断。"

泪水有长度，如冯延巳的《应天长》："红绡三尺泪。"泪水有数量，如李煜的《乌夜啼》："觉来双泪垂。"冯延巳的《南乡子》："负你残春泪几行。"苏轼《蝶恋花》："东风吹破千行泪。"苏轼《江城子》："寄我相思千点泪。"

流泪的状态，有的说垂泪，如李煜《破阵子》："垂泪对宫娥。"有的说弹泪，如冯延巳《虞美人》："一时弹泪与东风。"有的说坠泪，如上举冯延巳的"萧索清秋珠泪坠"。有的说掩泪，如冯延巳《鹊踏枝》："红绡掩泪思量遍。"有的说"和泪"，如冯延巳《菩萨蛮》："玉筝和泪弹。""和泪试严妆。"有的说堕泪，如晏殊《木兰花》："帘外落花双泪堕。"有的说溅泪，如苏轼《千秋岁》："珠泪溅。"有的说洒泪，如苏轼《雨中花》："对此洒泪尊前。"有的说迸泪，如太尉夫人《极相思令》："相思泪迸。"有的说倾泪，如黄庭坚《南歌子》："梨花与泪倾。"

有的写独自流泪，暗自伤心，如冯延巳《忆江南》："空余枕泪独伤心。"有的则是对人流泪，如上述李煜的"垂泪对宫娥"。写泪水之多，今人常用泪流满面来形容，而词人有的说"双脸泪"（冯延巳《酒泉子》），有的则说"泪满襟"（冯延巳《更漏子》），有的则说是"泪沾红抹胸"（李煜《谢新恩》）。至于泪的性质，有"相思泪"、"忆伊泪"、"相忆泪"、"羞泪"等等。

《全宋词》里写到泪水的有1554句，写来都是各具面目，各具异彩。欣赏了这么多眼泪，我们再回至冯延巳此词上来。此词写闺中人因寂寞相思而流泪，别具一格。"泪珠滴破胭脂脸"，形象更鲜明。主人公先是满脸胭脂，脸蛋白里透红。一哭，晶莹清亮的滴滴泪珠挂在脸上，把胭脂冲洗成一道道的痕迹，红白相间，"惨不忍睹"。李煜《望江南》词的"多少泪，断脸复横颐"与此相近。但李词只写到流泪的状态，没有色彩的描写，故不如冯词色彩鲜明，形象突出。

归国遥　冯延巳

江水碧。江上何人吹玉笛。扁舟远送潇湘客①。
芦花千里霜月白。伤行色。来朝便是关山隔。

【注释】　①潇湘客：代指离别远去之人。唐刘长卿《洞庭驿逢郴州使还李汤司马》："远客潇湘里，归人何处逢。"潇湘，今湖南的湘江与潇水在零陵合流后称潇湘。

【评点】　此首送别词，分三个层次。第一层渲染离别前的环境气氛。江水碧绿，浩荡东流；江上船中传来阵阵凄凉忧怨的笛声，加重了离别的伤感。开篇境界开阔丰满，既有视觉效果，又有声响效果。歇拍为第二层，写双方分离，扁舟远去。下片为第三层，写离别后情景。"芦花"句写行人夜冒寒霜,穿越千里芦花,流露出送行者对远行人的关切。北宋柳永《雨霖铃》的"念去去千里烟波,暮霭沉沉楚天阔"正与此构思相同,都是以景物的描写寄寓离别后的思恋与关切。"伤行色",一语双关,既体现出行人不忍离去,又表现出送行人为离人远去而感伤。行色如此匆匆,怎能不叫人留恋。而结句将离别情绪推进一层。此际离别,尚可一见身影,而来日远隔关山,人面难见,那将是怎样的伤感!北宋柳永《雨霖铃》词就写明了别后的苦闷:"此去经年,应是良辰好景虚设。便纵有千种风情,更与何人说。"冯词将别后情点到为止,柳词将别后情一泄无余。一含蓄,一直露,各有韵味。

南乡子　冯延巳

细雨湿流光①。芳草年年与恨长。烟锁凤楼无限事②,茫茫。鸾镜鸳衾两断肠③。　魂梦任悠扬④。睡起杨花满绣床。薄幸不来门半掩⑤,斜阳。负你残春泪几行。

【注释】　①流光:含义比较丰富,有时指月光,有时指时光。此指春光。宋李从周《风流子》:"东风外,烟雨湿流光。"用法与此相同。②烟锁:烟雾笼罩。凤楼:女子居所的美称。此指妓院。③鸾镜:镜子。传说一鸾鸟被捉,三年不鸣。后于镜中自顾身影后,哀鸣而死。后世就把镜子称作鸾镜。鸳衾:绣有鸳鸯图案的被子。④悠扬:飘忽不定。唐钱起《送钟评事应宏词下第东归》:"世事悠扬春梦里,年光寂寞旅愁中。"⑤薄幸:薄情。此指情人。

【评点】　此词写相思。从"凤楼"的环境和对"薄幸"的称呼来看,主人公当是一名妓女。当然也可以理解为一般的女性。开篇二句为室外景,细雨蒙蒙,绵绵芳草挂着水珠,像是离人泪。这明为写景,实为写情:愁如雨广,恨似草长。北宋贺铸《青玉案》的"试问闲愁都几许。一川烟草,满城飞絮,梅子黄时雨",词意与此近似。"烟锁"三句写室内景。主人公眼观室外是触景生愁,回顾室内也是睹物伤心:照鸾镜,惊红颜消逝;见鸳被,生孤独之感。"茫茫"二字,写出主人公心中的孤独寂寞与茫然。她没有确切的思恋对象,也不知爱情的归属,更不知未来的命运如何。"茫茫"很贴切地写出了歌妓的身份和心情。

过片写女主人公午睡情景,像特写镜头,精致优美:一位佳人斜卧绣床之上,一梦醒来,睡眼蒙眬,梦中情事似真似幻,捉摸不定。再眼瞟床上,只见绣花床上堆满了杨花,又引起"无限"的心事:杨花也许会引起她对自我身世的感伤,她的命运就像杨花一样随风摆布。她多么希望找到归属,有人来关心呵护。在梦中也期待与人相聚相恋,故睡前特地将房门半掩,希望有人能不期而至,给她一个意外的惊喜。这种心态,与相传李白所做的《清平乐》的"夜夜长留半被,待君魂梦归来"有些近似。她一往情深地等待,可直到夕阳西下,薄情郎始终没有出现,让她好不伤心。结句的"残春",既点明时令季节,也是心理暗示,春光即将过尽,红颜在苦闷与孤独守望中又衰老一层。人生有几度青春?思前想后,主人公不禁潸然泪下。

薄命女　冯延巳

春日宴。绿酒一杯歌一遍①。再拜陈三愿。一愿郎君千岁②,二愿妾身长健③。三愿如同梁上燕。岁岁长相见。

【注释】　①绿酒:酒面常生绿色泡沫,叫绿蚁,故又称酒为绿酒。白居易《问刘十九》:"绿蚁新醅酒,红泥小火炉。晚来天欲雪,能饮一杯无。"②郎君:即丈夫。③妾身:古代女子的谦称。这里指妻子。

【评点】　此词是宴会上的祝酒词。以妻子举酒向丈夫祝福的口吻说出,显得特别亲切,有人情味。从这首词中,我们可以看到古代普通人的生活理想，一是长寿；二是健康；三是爱情美满，夫妇能长相厮守，白头到老。此词把握普通大众的心理，唱出民众的心声，在当时很流行，深受大众的欢迎。当时没有金曲排行榜，要是有的话，这首词肯定能跻身金曲排行榜的前列。因为在唐五代词里，这是唯一的一首表达民众生活理想的词。格调健康，而且实话实说，一点也不加修饰，一听就懂。歌词简短，又言简意赅，好记又好唱。到了宋代，这首词仍然传唱很广。

据吴曾《能改斋漫录》卷十七记载，宋代曾有人把这首词改编为《雨中花》调传唱，并将"三愿"改成"五愿"："我有五重深深愿。第一愿图久远。第二愿恰如雕梁双燕。岁岁得长相见。三愿薄情相顾恋。第四愿永不分散，五愿奴哥收因结果，做个大宅院。"然而，东施效颦，越改越差。意思重复，语言读着不自然。难怪吴曾说："味冯公之词，典雅丰容，虽置在古乐府，可以无愧。一经俗子窜易，不惟句意重复，而鄙恶甚矣。"抛开改得好不好不论，冯词原唱被改作，说明在当时很流行。人们唱多得了，唱得熟了，就想变换个花样，换个新鲜的唱法。

唐代大诗人白居易有一首送刘禹锡的诗，题目是《赠梦得》，其中也有"三愿"："为我尽一杯，与君发三愿。一愿世清平，二愿身强健。三愿临老头，数与君相见。"冯词也许受到过白居易诗的启发。相比较而言，白居易的三愿，是士大夫的生活理想，带有一点政治色彩。所以第一愿是希望时世太平，第二愿是希望身体健康，第三愿是希望老朋友到老了还能常常相见。诗中体现出白居易与刘禹锡的深厚友谊。白诗是朋友间的祝福，冯词则是夫妻间的愿望，身份对象不同，所以彼此的愿望也不同。

喜迁莺　冯延巳

宿莺啼，乡梦断，春树晓朦胧。残灯和烬闭朱栊①。人语隔屏风。　香已寒，灯已绝，忽忆去年离别。石城花雨倚江楼②。波上木兰舟。

【注释】　①朱栊：红色的窗户。②石城：南唐的都城。即今江苏南京。

【评点】　这首词的情感比较丰富，既有对故乡的思念，又有对离人的忆恋。应是客中怀人。词的抒情时间是在拂晓时分，但其中包含了比较长的时间过程。"香已寒"，是说炉香燃尽，余灰变冷，表明时间过了相当长。从残灯到灯灭，也同样表明了时间的长度。时间跨度的描写，旨在突出抒情主人公相思的沉重悠长，忧愁难平，心绪难开。词的境界富有画面感、现场感。要是用电视镜头来表现，很具体形象。上片镜头在室外和室内来回闪现。拂晓时分，庭院里树色朦胧，黄莺啼唱，吵醒了闺中人的怀乡梦。可以想象出闺中人睡眼惺忪、愁眉苦脸的神态。室内残灯闪烁，窗户紧闭，显得特别的冷清。忽然传来一阵低低的细语声，隔着屏风，不知是什么人在闲话聊天。也许是丫鬟侍女，也许是户外情侣。"人语隔屏风"，反衬出闺中人无人可语的寂寞孤独。"忽忆"一转，镜头随着切换到"去年"场面。当时细雨纷飞，落花片片，她倚靠在石城江畔的江楼上，目送着情郎哥的木兰舟随波远去。

芳草渡　冯延巳

梧桐落，蓼花秋①。烟初冷，雨才收。萧条风物正堪愁。人去后，多少恨，在心头。　　燕鸿远。羌笛怨②。渺渺澄清江一片③。山如黛，月如钩。笙歌散。魂梦断。倚高楼。

【注释】　①蓼花：又称辛草。生长在水边或水中。花白或微红。②羌笛：笛子。因笛子出自羌族，故称。唐王之涣《凉州词》："羌笛何须怨杨柳，春风不度玉门关。"③渺渺：遥远的样子。

【评点】　此词句法短促，韵位错综，平仄韵换押。读起来很动听，很优美。配上音乐歌唱，一定是韵味无穷。在意境的创造上，词人着意选取深秋时节一些特有的物象构成一种悲秋的氛围，以景衬情。古人本来就有悲秋的心理定式，眼见梧桐落叶、秋日蓼花、冷烟、秋雨等冷色调的"萧条风物"，自然会情绪低落。景物铺垫后，再写离情，情绪有了环境的烘托，更具感染力。下片写景，景中含景。上下片虽然都是写景，但作用不一样。燕鸿远，象征离人远去；笛声哀怨，借他人之曲写自我之愁。一写所见空中远景，一写所闻近处笛声，再写澄江远山，笔法灵动变化。夜月如钩，主人公一梦醒来，闻远处笙歌停歇，他人之乐又反衬出她的寂寞孤独。结句写主人公独倚高楼，具有造型效果。我们可以对她的神态和心理作出推测，或许她在含泪遥望远方，企盼着离人送来书信；或许正望着月亮，回忆着欢乐的往事。

更漏子　冯延巳

金剪刀，青丝发。香墨蛮笺亲札①。和粉泪，一时封。此情千万重。　　垂蓬鬓②。尘青镜③。已分今生薄命④。将远恨⑤，上高楼。寒江天外流。

【注释】　①蛮笺：蜀中所产的纸。宋陆游《汉宫春》："淋漓醉墨，看龙蛇、飞落蛮笺。"札：信件。此处用作动词，指写信。②蓬鬓：头发蓬乱。化用《诗经·卫风·伯兮》"自伯之东，首如飞蓬。岂无膏沐，谁适为容"诗意。指爱人离别，无心梳洗打扮。③尘青镜：铜镜久不使用，沾满了灰尘。④分（fèn）：料想。这里有自甘认命的意思。⑤将：挟带；怀着。

【评点】　词写女子的深情。上片用行动写情。她磨上香墨，饱蘸泪水，情意绵绵地给远方的情人写信。信写好后，又用金剪刀剪下青丝发，亲自将信封好。希望爱人看着这封挟带着深情、发丝和泪水的情书，能够有所感动。剪发寄书，还含有发誓的意味，表白自己的忠贞。过片写头发蓬乱，镜子也闲置一旁，久不使用，表明自己相思极苦，无心梳妆打扮。女为悦己者容，爱人不在，无人欣赏，也不必打扮。进一步表明自己忠贞不贰。主人公已尽了自己最大的努力，还是得不到爱人的眷恋，只好自认命苦。写完了书信，苦闷还是难解，于是独上高楼，想散散心情，摆脱心中的愁恨。结句"寒江天外流"，境界开阔，含意悠长。造境近似于温庭筠《望江南》词所写的"斜晖脉脉水悠悠"。江寒天远，空间阻隔，不知薄情郎身在何方。江流天外，但流不尽主人公心中的愁苦和忧怨。其中似乎也包含有"问君能有几多愁，恰似一江春水向东流"之意。词中女主人公，对男子的无情，既不埋怨，也不责备，只叹自己命运不好，没有碰上有情人。从这可以看出古代女子逆来顺受的心理。也许这里还反映出作为男性词人的冯延巳，他心中原本就没有女子的地位，女人本该如此，对命运不应该有什么怨言。所以在他笔下，很难见到女子的反抗和怨怒。在北宋柳永词里，倒还偶尔能见到女子的抗争与追求、怨责与愤怒。从唐宋词里，我们既能看出女性命运的变化，也能看出词人的女性意识的变化。

更漏子　　冯延巳

秋水平，黄叶晚。落日渡头云散。卷珠箔①，挂金钩②。暮潮人倚楼。　　欢娱地。思前事。歌罢不胜沉醉。消息远，梦魂狂。酒醒空断肠。

【注释】　①珠箔：珠帘。②金钩：挂窗帘的金属钩子。"金"是美称。

【评点】　此词写歌女的情怀。上片写景，画面感很强，境界开阔。大江之上，秋水波澜不兴；岸边树林黄叶凋零；夕阳西下，霞光一片，让人联想到白居易《暮江吟》的"一道残阳铺水中，半江瑟瑟半江红"；渡口云散客稀。江边小楼的一间居室里，珠帘卷起，金钩斜挂，一位佳人倚楼独立，目眺远方，看着潮起潮落。上片两个场景，一室外，一室内，前者是抒情主人公"倚楼"所见,后者是主人公的处境。主人公先是举目远望,后是环顾室内。随着她视线的移动,室外与室内景构成一个完整的画面。词人构境,目的是营造抒情的氛围。落日时分,是离人归家之时,主人倚楼守望,也许是等待心上人;云散,暗示所等之人并未归来。温庭筠《望江南》词:"梳洗罢,独倚望江楼。过尽千帆皆不是,斜晖脉脉水悠悠。肠断白蘋洲。"所写情景,可以此词参照。上片从"秋水平"到"暮潮",景物的变化,暗示时间的推移,表明主人公"倚楼"已久。下片抒情。主人公因待人不至,心情烦闷,转入室内,自斟自饮,借酒消愁。想当日,在此地,与他纵情狂欢。歌声甫落,掌声不断,鲜花簇拥,令人沉醉。如今心上人远在天涯,音讯杳然。"梦魂狂",贴切地表现出歌妓的身份和她的性情,酒醉情狂,与一般淑女的梦魂自是不同。而梦里狂欢,又反衬出酒醒后的痛苦。从狂欢到"断肠",写出了主人公心态情绪的剧烈变化。

更漏子　冯延巳

　　风带寒,秋正好。兰蕙无端先老①。云杳杳②,树依依。离人殊未归③。　　搴罗幕④,凭朱阁⑤。不堪独悲寥落⑥。月东出,雁南飞。谁家夜捣衣。

【注释】　①兰蕙:两种香草名。②杳杳:指云散无迹。③殊:还;仍然。谢灵运《南楼中望所迟客》:"园景早已满,佳人殊未适。"④搴(qiān):撩起,卷起。⑤凭:斜靠着。意思与"倚"相同。⑥不堪:不能忍受。寥落:寂寞。

【评点】　词写女子的秋思离情,也是借景言情。先用秋日寒风催老兰蕙,象喻主人公青春红颜的消逝。接着用云彩飘散,象喻离人去后杳无音讯。秋风吹拂,垂柳依依,让主人公想起当年与离人依依惜别的情景。杨柳几番黄绿,而离人还不见归来。"殊未归",饱含着满腔失望与忧怨。过片换一种笔法,改用主人公的举动传情。因难以忍受寂寞,主人公无事找事做,时而撩起窗帘，看看窗外；时而斜靠阁楼，回忆往事。结尾三句，又转入景物描写，强化抒情氛围。圆月东升，表明时间已进入晚上，月圆既可引发怀人之思，又反衬人未团圆的孤独。传说大雁可传书，见秋雁南飞，主人公又会产生对爱人书信的期待。君不见李清照《一剪梅》词写道："云中谁寄锦书来，雁字回时，月满西楼。"户外传来的捣衣声，更能激发闺中人怀念远行人的情绪。结末三句，景物动静结合，视觉形象与有声响形象结合，读来韵味无穷，余音袅袅。

更漏子　冯延巳

雁孤飞，人独坐。看却一秋空过。瑶草短①，菊花残。萧条渐向寒。　　帘幕里。青苔地。谁信闲愁如醉。星移后，月圆时。风摇夜合枝②。

【注释】　①瑶草：仙草。这里泛指秋草。②夜合：即夜合花，又称合欢、马缨花。叶似槐叶，至晚则合，故称夜合。元稹《夜合》诗："叶密烟蒙火，枝低绣拂墙。"

【评点】　词写悲秋怀人，用一连串的深秋景物构成一完整的境界，又像是一连串的镜头构成系列性的动态画面。镜头首先推出的是天空中孤雁高飞，接着出现的是窗前一女子独坐仰望天空。孤飞的大雁，引起她心灵的共振，加重了她的孤独感。此词给人最突出的感受是时间意识特别强烈。以下镜头依次推出的景物是变化中的景物，而不是静态的景物。她成天独坐，看着秋色一天天地消逝，秋草一天比一天枯萎，菊花一天比一天凋零，庭院的景物一天比一天萧条冷落。自古逢秋悲寂寥，独坐空过一秋，主人公的无聊寂寞之情自在言外。这很自然地让人联想到，主人公的青春红颜也在一天天地消瘦衰老，心情一天更比一天苦闷。

过片镜头从户外转向室内，也可以说是主人公的目光由外转内。户外所见，尽是悲凉肃杀；环顾室内，也是冷冷清清。再回头看户外，庭院长满了青苔，人迹罕至，整整一个秋天不见人影，没人来过问。整整一个秋天，独守空闺，主人公该是多么的孤独！这孤独，让她如痴如醉，近乎迷狂。上片侧重写一个季节的难熬，下片着眼于一天。白天苦挨到黄昏，而到了黄昏，仍是孤独。眼看星移斗转，皓月初圆，月圆而人不团圆，心中又生悲苦。结句意味深长。月光下风摇夜合，枝影婆娑。既富立体的画面感，又可引发人不能欢合的忧怨。用景物多方面的烘托、反衬抒情主人公的心情，是此词一大特色。

更漏子　冯延巳

夜初长，人近别。梦断一窗残月。鹦鹉睡，蟪蛄鸣①。西风寒未成。　　红蜡烛。半棋局。床上画屏山绿。搴绣幌②，倚瑶琴。前欢泪满襟。

【注释】　①蟪蛄：蝉的一种。吻长体短，黄绿色，翅膀有黑斑。夏末时节，早晚鸣声不息。寿命较短，《庄子·逍遥游》说："蟪蛄不知春秋。"②幌：帷幔；窗帘。

【评点】　此词也是写秋夜怀人。开篇点明季节转换，秋夜逐渐变长。愁苦之人，白天已觉得时光难挨，长夜的时光就更难消磨。而最近又与爱人分别，寂寞之心又添离别的惆怅。点明别情之后，词人就用景物来烘托离情。鹦鹉睡，是反衬人难入睡；蟪蛄嘶鸣，吵得离人心绪不宁，是侧面烘托。过片写室内陈设，仍然是创造抒情环境。室内红烛高照，见出愁人未睡。棋局摊着一半，暗示主人公心绪不好，白天连一局棋都没有心思下完。也进一步写出主人公不仅夜里是沉浸在相思苦闷之中，白天也是为情所困，无精打采。下面由床上屏风自然过渡到人物动作情态的描绘。床上佳人，因难入睡，干脆起来，找着法子排遣苦闷。她卷起窗帘，看看窗外，夜色深沉，于是倚琴弹奏，奏一曲"真的好想你"。这手段，跟前一首《更漏子》(风还寒)的"搴罗幕，凭朱阁"相同，只是造语用字有别。不同的是，前一首主人公是一味地伤心，而此词的主人公虽然也泪满衣襟，但有往日幸福欢乐的慰藉。想起往日事，幸福的泪水滴满衣襟。当然这幸福中包含着现时的苦涩。但酸甜混杂的泪水毕竟比单纯的伤心泪要好受一些。当代有流行歌曲高唱："男人哭吧哭不是罪。"女人哭泣，更是一种情绪的释放。

抛球乐　冯延巳

酒罢歌余兴未阑①。小桥秋水共盘桓②。波摇梅蕊伤心白③，风入罗衣贴体寒。且莫思归去，须尽笙歌此夕欢。

【注释】　①兴未阑：兴致未尽。②盘桓：徘徊；流连。③"波摇"句：写月光下水波摇荡着梅花倒影。伤心白：指月色。

【评点】　《抛球乐》调，原是酒宴中抛球行令时所唱。此词的内容正是为酒宴中劝酒而作。酒尽歌罢，宾客兴致未尽，来到在小桥畔漫步流连。月光下梅影倒映，微风吹拂，波光粼粼。也许其中有宾客觉得身上衣单，提议归去。主人劝道，且莫归去，干脆通宵达旦，尽情一乐。"波摇"一句写景如画，令人想起北宋初林逋咏梅的名句："疏影横斜水清浅，暗香浮动月黄昏。"（《山园小梅》）不过仔细推敲起来，此词景物的描写与时间季节似乎有点矛盾。既说是"秋水"，应是秋天。既是秋天，何来"梅蕊"？遍检《全宋词》，没有发现写秋日梅花的。当然我们读词，也不必较真，"秋水"可理解成流水。也许词人信手拈来，没有留意"秋水"与"梅蕊"有矛盾。偶尔失误，也属正常。

抛球乐　冯延巳

梅落新春入后庭。眼前风物可无情①。曲池波晚冰还合②,芳草迎船绿未成。且上高楼望,相共凭阑看月生③。

【注释】　①可无情:意思是"岂能无情"。②"曲池"句:写早春严寒未退,池水到了夜晚仍然冻合成冰。③凭阑:即依栏。

【评点】　这也是一首劝酒歌。词以早春景象起兴,后庭梅花渐开,新春已至。饱览眼前春光风物,怎能不爱惜时光?虽然寒意未消,芳草也未绿遍郊野,但可倚栏赏月,共度良宵。词的主旨是劝人应该把握春光,珍惜生命。"曲池"二句写初春景色,准确生动,而且对偶工整。词人不说"芳草迎风"或"芳草初生",而说"芳草迎船",含意更丰富。有"船",说明是在水边河畔,芳草长川,境界开阔,给人留下无限想象的空间。"迎船",又使人想象到湖中船只来来往往的情景,如王安石《桂枝香·金陵怀古》词所写的"征帆去棹残阳里,背西风、酒旗斜矗";温庭筠《望江南》词所写的"过尽千帆皆不是,斜晖脉脉水悠悠"。看了湖畔芳草、湖上游船,再登楼赏月。春日之景,足供清赏。人既要珍惜时光,又要善于从日常生活中发现诗意,发现美感,这样才能使人生的分分秒秒过得充实,过得愉快。

抛球乐　冯延巳

坐对高楼千万山。雁飞秋色满阑干①。烧残红烛暮云合②,飘尽碧梧金井寒③。咫尺人千里④,犹忆笙歌昨夜欢。

【注释】　①阑干：即栏杆。②暮云合：暮云浓重。江淹《休上人怨别》："日暮碧云合，佳人殊未来。"③金井：井边的井栏。因井栏上有色彩富丽的雕饰，故称金井。古代井边常种植梧桐，故诗词里常将金井与梧桐合写。如王昌龄《长信怨》："金井梧桐秋叶横，珠帘不卷夜来霜。"张籍《楚妃怨》："梧桐叶落黄金井，横架辘轳牵素绠。"李煜《采桑子》："辘轳金井梧桐晚，几树惊秋。"④咫尺人千里：意思是距离虽然很近，但很难相见，就像远隔千里一样。咫尺，比喻距离很近。古代八寸为咫。

【评点】　此词写秋景秋情。抒情主人公坐在高楼，面对千山秋色，万峰云起，心事联翩。这境界之辽阔，直让人想到杜甫《登高》诗的"无边落木萧萧下，不尽长江滚滚来"和黄庭坚《登快阁》诗的"落木千山天远大，澄江一道月分明"。此词不仅境界开阔，而且色彩亮丽，天边浓厚的暮云，有如烧残的红烛；金井碧梧，也是色彩分明。虽是寒秋衰景，但写得不寒酸，把秋景写得格外的辉煌。金井生寒，见出秋意浓重。前四句写景，为后两句抒情作铺垫。时值晚秋，万物凋零，本令人伤感。与所爱之人相距咫尺而难以团聚，更增惆怅。结句回忆昨夜笙歌的欢乐，情绪一振。曾经拥有过欢乐，聊足安慰，何必强求欢乐的永久！衰景显得有生气，忧愁后自寻欢乐慰藉，是此词内容上的一大特点。

词中"咫尺人千里"，可以印证钱钟书先生《宋诗选注》中的一个说法。钱先生说，中国古代诗词写相思，有两种写法，一是天涯虽远，而想望中的人物更远。如北宋李觏的《乡思》："人言落日是天涯，望极天涯不见家。已恨碧山相阻隔，碧山还被暮云遮。"石延年《高楼》诗："水尽天不尽，人在天尽头。"范仲淹《苏幕遮》："山映斜阳天接水，芳草无情，更在斜阳外。"二是想望中的人物虽近，却比天涯还远，如吴融《浙东筵上》："坐来虽近远于天。"王实甫《西厢记》第二本第一折《混江龙》："隔花阴，人远天涯近。"冯词所谓"咫尺人千里"，也是此意。

醉桃园① 冯延巳

南园春半踏青时②。风和闻马嘶③。青梅如豆柳如眉。日长蝴蝶飞④。　花露重，草烟低。人家帘幕垂。秋千慵困解罗衣⑤。画梁双燕栖。

【注释】　①此首一作宋欧阳修词，调作《阮郎归》。②南园：泛指园林。踏青：旧俗清明出游郊野叫踏青。杜甫《绝句》："江边踏青罢，回首见旌旗。"然各地风俗颇不相同：蜀中正月初八，踏青游冶。闽中以二月二日为踏青节。秦中以三月初三上巳日踏青。③马嘶：马叫。④日长：时令过了春分，白天渐渐长了。⑤秋千慵困：打秋千后感到困倦懒散。

【评点】　此词描写春日景致，清新流丽。时值仲春，女主人公趁着风和日丽来到园林踏青，但见青梅如豆、杨柳泛绿，郊野上马嘶人拥、蝴蝶飞翔，春花带露，芳草含烟，春意融融。结拍二句写主人公踏青归来，戏荡秋千。秋千荡过之后，略感困倦，回到室内，抬头见画梁燕子，双栖双宿，触景生情。结句韵味深长，含而不露。可以理解为闺中少妇见到双燕而生孤独的淡淡忧怨，也可理解为闺阁靓女见双燕而生求偶之心。写景如画，言情含蓄，是此词艺术上最突出的特点。这是一首典型的婉约词。婉约词最基本的特征是情感不直接流露，而是通过景物的描写来烘托映衬，或者通过人与物的反衬对比来暗示某种心绪。本词就是用双燕来反衬人的孤独。

菩萨蛮 冯延巳

画堂昨夜西风过①。绣帘时拂朱门锁。惊梦不成云②。双蛾枕上颦③。　　金炉烟袅袅④。烛暗纱窗晓。残月尚弯环。玉筝和泪弹。

【注释】　①西风：秋风。②"惊梦"句：意思是梦里也未能与爱人相聚。化用宋玉《高唐赋》楚王梦中与巫山神女相遇故事，神女自称"旦为朝云，暮为行雨"。后世遂用云雨作男女欢会的典故。③双蛾：即双眉。古代将女子漂亮而修长的眉毛称为蛾眉，有时将蛾眉省称为蛾，故双眉又可称双蛾。④金炉：香炉。

【评点】　词写秋夜闺怨。女主人公因相思而入梦，原指望梦中能与爱人团聚相会，谁知美梦难圆。一梦醒来，闻户外秋风飒飒，抬头又见绣帘晃动，以为是心上人不期而至，心中不禁一喜。再仔细看看房门，朱门仍然紧锁，连个人影都没有。主人公又陷入深深的失望。只好伏在枕上，睁着眼睛，皱着眉头想心事。环顾屋内，冷冷清清，烛光昏暗，炉烟无声无息地袅袅飘浮，窗外透射出一缕晨光。从"昨夜"到"晓"，既点明了时间的进程，又表明主人公彻夜未眠。到了清晨，主人公起床含泪弹筝，以打发孤独难熬的时光。结尾二句，室外景与室内人像两个叠映的镜头：窗外残月斜挂枝头，室内佳人泪眼婆娑地低头弹筝，筝声凄凉幽怨，诉说着心中无限事。镜头里有景有人有情还有声响。掩卷一想，如见其人，如闻其声。

菩萨蛮　冯延巳

梅花吹入谁家笛①。行云半夜凝空碧②。欹枕不成眠③。关山人未还。　　声随幽怨绝。云断澄霜月。月影下重檐，轻风花满帘。

【注释】　①梅花：此指笛曲《梅花落》。宋郭茂倩《乐府诗集》卷二十四："《梅花落》，本笛中曲也。"李白《与史郎中钦听黄鹤楼上吹笛》："黄鹤楼中吹玉笛，江城五月落梅花。"②行云：暗用宋玉《高唐赋》"朝为行云"典。参上一首注②。③欹（qī）：斜靠着。

【评点】 词写闺中思妇怀念戍边的征夫。思妇独守空闺，半夜未眠。窗外传来阵阵凄凉幽怨的笛声，更增添了对戍守边关征夫的思念。下片写景，而景中含情。目送月影西沉，见出思妇彻夜未眠。云散月明，风卷窗帘，花香扑鼻，春意融融。如此春光良宵，只能在孤独寂寞中度过，实在令人黯然神伤。这也是以乐景写哀的手法。此词最美的句子是结尾两句。十个字，如图如画，以影传神。屋檐下月影移动，微风吹拂，卷起窗帘，帘外花枝摇曳，花影婆娑。北宋词人张先以写影著名，有"张三影"之称。冯延巳此句，可与张先的"云破月来花弄影"媲美。与李清照《醉花阴》的名句"帘卷西风，人比黄花瘦"相比，也有异曲同工之妙。

菩萨蛮　冯延巳

娇鬟堆枕钗横凤①。溶溶春水杨花梦。红烛泪阑干②。翠屏烟浪寒③。　　锦壶催画箭④。玉佩天涯远⑤。和泪试严妆⑥。落梅飞晓霜。

【注释】 ①娇鬟：娇美的环形发髻。此指秀发。钗横凤：即凤钗横。凤钗，女子所用的凤形发饰。②泪阑干：眼泪纵横交错的样子。此句是化用温庭筠《更漏子》"玉炉香，红烛泪"和杜牧《赠别》"蜡烛有心还惜别，替人垂泪到天明"而成。③翠屏：屏风的美称。烟浪：指屏风上画的烟波水景。④"锦壶"句：意谓时间过得很快。锦壶，漏壶的美称。画箭，指铜壶里的箭状竖杆，杆上有刻度，古人根据壶水在杆上显露的位置以报时。⑤"玉佩"句：指所爱之人远在天涯。玉佩：衣带上的玉饰品，古代男女都可以佩戴，有时男女互赠作为定情物。此处借指爱人。⑥严妆：庄重的装扮。《孔雀东南飞》："鸡鸣外欲曙，新妇起严妆。"

【评点】　词写闺怨。首句犹如一个特写镜头,写思妇的睡态:秀发堆枕,钗横鬓乱。接着一个外景:思妇沿着春水,踏着杨花,追逐爱人。第三个场景:室内红烛高照,屏风上烟浪滚滚。思妇醒来,发觉是梦,不禁泪眼纵横。下片镜头转向铜壶,好似现在的时钟,时刻已到拂晓,心上人尚远隔天涯。第四个镜头表现思妇心中烦恼,起来含泪对镜梳妆,顾影自怜。最后一个外景,拂晓梅落霜飞,既点明时间,又暗喻春光流逝,青春难再。现代著名学者王国维非常欣赏"和泪试严妆"一句,他在《人间词话》中用摘句批评的方法,说冯延巳的"词品"近似于"和泪试严妆"。意思是说,冯延巳词的品格端庄秀丽,如美人"严妆";情感基调带有感伤色彩,似佳人含泪。

菩萨蛮　冯延巳

　　欹鬟堕髻摇双桨①。采莲晚出清江上②。顾影约流萍③。楚歌娇未成④。　　相逢颦翠黛⑤。笑把珠珰解⑥。家住柳阴中,画桥东复东。

【注释】　①欹鬟堕髻:古代女子一种时髦的发型。将头发梳成环型发髻偏歪在头部一侧,似堕非堕。汉乐府《陌上桑》:"头上倭堕髻,耳中明月珠。"②采莲:双关隐语,指寻觅选择爱人。莲,谐音"怜",怜爱的意思。《子夜四时歌·夏歌》:"乘月采芙蓉,夜夜得莲子。"清江:泛指江水。③"顾影"句:拨开水面浮萍以照影。④楚歌:原义是楚地歌曲,此指情歌。娇未成:娇音婉转,想唱情歌表达心意但未唱出。⑤颦翠黛:双眉不展。一般指愁苦之态,此指娇羞的神态。翠黛,古代女子画眉用的青绿色颜料,常代指眉毛。⑥珠珰:用明珠做成的耳坠。古诗《孔雀东南飞》:"腰若流纨素,耳着明月珰。"

【评点】　此词描写一个喜剧性的爱情场景。初始镜头上出现一个打扮入时、头梳堕髻、面带笑容、手摇双桨的靓妹。夕阳西下之时，她划船到清江上采莲。只见她用双桨拨开水面的浮萍，自顾倩影，心花怒放。正准备放声娇歌，用歌声传情，忽然眼前出现了早已约好的帅哥，不禁满面娇羞。镇静了一会，她嬉笑着把明珠串成的耳坠解下送给情郎，作定情之物。一边手指前方，一边羞答答娇滴滴地告诉情郎：俺家住在画桥东面的柳荫中。情郎自然是心领神会。

此词有两大特点：一是富有故事性、戏剧性，二是注意刻画人物形象。故事中有主要人物，有次要人物。采莲女是主角；她的情郎是"配角"，虽未正面描写，但隐约可见，"相逢"二字已暗示情郎的出现。女郎跟他约会，解下珠珰送他作定情物，并告诉他自己的家庭住址，情郎的喜悦兴奋虽未直接描写，但可想而知。人物描写也生动传神，采莲女的音容笑貌、软语娇歌和性格的主动多情，都跃然纸上，充满了生活气息。

浣溪沙　冯延巳

春到青门柳色黄①。一枝红杏出低墙。莺窗人起未梳妆。　　绣帐已阑离别梦②，玉炉空袅寂寥香。闺中红日奈何长。

【注释】　①青门：汉长安东都门称青门。后用来泛指都城之门。②已阑：已了；完结。这里指梦醒。

【评点】　此词写春日离愁。色彩鲜明，着色浓重，是此词的一大特色。青门，黄柳，红杏，绣帐，玉炉，红日，构成一幅色彩斑斓的画面，鲜艳夺目。冯词色彩一般比较清淡，这种浓墨重彩的着色方式，在冯词中颇少见，而与温庭筠词相近。从这可以看出词人艺术风格的多样化。以美景反衬离情，是此词的又一特色。都城门外柳叶泛绿，庭院里红杏出墙，窗下黄莺啼唱，处处春光明媚。如此美景，本令人心旷神怡，而主人公却难以排解空闺的寂寞，这就加倍写主人公心情的沉重。这也是乐景写哀之法的灵活运用。

　　用红杏写春光,在唐宋诗词中,最有名的莫过于北宋宋祁《玉楼春》中的"红杏枝头春意闹",他因此而得"'红杏枝头春意闹'尚书"的美名。南宋叶绍翁《游园不值》诗中的"满园春色关不住,一枝红杏出墙来"也常被后人引为经典名句。叶绍翁之前,陆游《马上作》曾写过"杨柳不遮春色断,一枝红杏出墙头"之句。叶绍翁是承袭陆游的诗句而改动了一字。陆游的诗句似乎是出自冯延巳的"一枝红杏出低墙"。陆游与冯延巳的时代虽然相隔较远,但陆游写过《南唐书》,熟悉南唐文史。他读过冯词,应是不成问题的。如果再往前追溯,原来冯延巳此句也不是首创,最早的"开发专利权"应是唐人吴融,他的《途中见杏花》写道:"一枝红杏出墙头,墙外行人正独愁。"冯延巳词句原来又是从吴融的诗句变化而出。从用字上看,陆游诗句与吴融诗句完全一样。陆游到底是学冯词还是因袭吴诗,或者只是偶然的巧合,我们今天已无从判断。天生美景,人见相同。写来完全一样,也可以理解。

　　诗词创作中既有因革变化,也有巧合与雷同。相比较而言,冯延巳与吴融倒是同中有异。吴诗、冯词和陆诗、叶诗的造句,是一脉相承,而让最晚出的叶绍翁独得大名,真令人感慨系之。其中有何奥妙,值得探究。

浣溪沙　冯延巳

　　转烛飘蓬一梦归①。欲寻陈迹怅人非。天教心愿与人违②。　　待月池台空逝水,荫花楼阁谩斜晖③。登临不惜更沾衣④。

　　【注释】　①转烛:比喻岁月变化迅速。杜甫《写怀》诗:"鄙夫到巫峡,三岁如转烛。"飘蓬:比喻人生世事飘忽不定。杜甫《遣兴五首》之四:"蓬生非无根,飘荡随高风。"蓬,草名。②教(jiāo):使;让。③谩:徒然。④登临:登高。

【评点】 这是一首流浪者的爱情之歌。既写出了流浪者飘泊不定的命运,也写出了流浪者爱情的失意。流浪者的命运像蓬草,随风飘荡,没有归宿,没有着落。他想家,却无法回去,只能在梦中想望。这位流浪者好像是在追寻意中人,"陈迹",暗示曾经有过相逢的欢乐。但如今物是人非,老天爷总是让人事与愿违,有情人难成眷属。流浪者重来旧地"寻陈迹",想当年,两人在池台待月,在花丛掩映的楼阁中约会,何等温馨惬意。如今待月池台空空,往事像流水一样流逝不复返;荫花楼阁依旧沐浴着夕阳的余晖,但佳人不在,夕阳残照,再也照不见她的倩影,流浪者陷入深深的失望。一往情深的他,明知登临眺望,也是枉然,只会加深痛苦,加深忆恋,但他不惜泪满衣襟,还是决心登高一望。"不惜"二字,见出执着情深。此词暗含着一个爱情故事,却借景物来描写,构思颇为独特。"待月"二句,有景有情更有故事,读来兴味悠长。

三台令　冯延巳

春色。春色。依旧青门紫陌①。日斜柳暗花蔫②。醉卧谁家少年。年少。年少。行乐直须及早。

【注释】 ①青门紫陌:指都城繁华热闹之地。青门,泛指都城之门。紫陌,指京城郊野花草繁盛的道路。刘禹锡《元和十年自朗州承召至京戏赠看花诸君子》:"紫陌红尘拂面来,无人不道看花回。"②蔫(niān):枯萎。

【评点】 此词劝人珍惜青春,尽情欢乐,是酒宴中行令祝酒之词。青门紫陌,年年依旧不变;而陌上春光,转眼即逝。君不见,陌上已柳暗花蔫。敬请众位宾客:要像陌上醉卧的少年,及时行乐,不妨尽情一醉。"日斜柳暗花蔫",连用三个意象,喻时光流逝。日斜,指夕阳西下,喻时光不可逆转,不可重复。北宋晏殊《浣溪沙》词曾说:"夕阳西下几时回。"从日常生活经验来说,今日夕阳西下,明日将会旭日东升。但从心理时间上说,今日夕阳西下,意味着今日的时光已流逝,不可复返。明日虽会旭日东升,但那已是明日。正如李白所说的"弃我去者,昨日之日不可留"。柳叶刚泛新绿,不久就会变为绿叶成荫;鲜花盛开不久就会枯萎凋零。人生也是如此,少年转瞬之间变成老年,满头乌丝不久就变成了两鬓苍苍。人生既是如此的短暂,时光既是如此的迅速流逝,怎能不及时地把握住青春年少,充分享受着青春的时光!我们当代青少年,读了这类词作,应该珍惜青春,爱惜时光,应该利用青春时光不断充实自己,丰富自己,而不能醉卧酒家,无端地浪费青春时光。

三台令　冯延巳

明月。明月。照得离人愁绝。更深影入空床。不道帏屏夜长[1]。长夜。长夜。梦到庭花阴下。

【注释】　①帏屏:帐子和屏风。

【评点】　面对千古不变的明月,不同的人,不同的心境,会有不同的感受。或者望月怀乡,或者对月思人,或者对月生愁,或者把酒望月,逸兴遄飞,兴会盎然。此词中的抒情主人公虽未直接"露面",但从"帏屏"的室内陈设来看,应是闺中思妇。明月圆圆,而人却分离,怎不叫失眠人愁绝肠断!更深月影照入床帏,表明思妇一夜未眠。思妇独守空闺,特别觉得长夜难熬。情思恍惚中,思妇进入梦境,在庭花荫下正与爱人相会。一个悲剧性的开头,却有一个喜剧性的结尾。词情跌宕,别具韵味。

三台令　冯延巳

南浦①。南浦。翠鬟离人何处②。当时携手高楼。依旧楼前水流。流水。流水。中有伤心双泪。

【注释】　①南浦：泛指离别之地。江淹《别赋》："送君南浦，伤如之何！"②翠鬟：即绿鬟，浓密黑亮的头发，指年轻人。

【评点】　词写别情。开篇写离别之地。当时南浦送别，如今不知人在何处。忧愁郁闷之中，不禁回想起离别前携手高楼出双入对的情景，那是何等幸福！楼前流水曾照出双双倩影，朝朝望见流水，日日引起相思。泪水化作流水，流水不断，愁亦不断。此词借流水抒情，构思别致。后来词人，常用此法。如李清照《凤凰台上忆吹箫》："惟有楼前流水，应念我终日凝眸。凝眸处，从今更数，几段新愁。"辛弃疾《菩萨蛮》："郁孤台下清江水，中间多少行人泪。"

点绛唇　冯延巳

荫绿围红，飞琼家在桃源住①。画桥当路。临水双朱户。　柳径春深，行到关情处。颦不语②。意凭风絮。吹向郎边去。

【注释】　①飞琼：即仙女许飞琼，传说中西王母的侍女。常借指歌妓。桃源，暗用刘晨阮肇遇仙的故事，此指歌妓的住处。②颦：皱眉。表示忧愁。

【评点】　这是一首爱情词，写法别致。不是写爱情失落后的相思苦，而是写对爱情的追求与企盼。女主人公飞琼好像有过一次短暂的爱情，曾与一位素昧平生的情郎相识，短暂相逢后即匆匆分手，对方不知她的情况，于是她写信给情郎，自我介绍：情郎哥啊，俺家住在桃源，屋子就在水边，红窗双开，房子四周绿树红花环绕，门口的大路上有一座画桥。你要是来，沿着大路，一望可见。写完了信，飞琼沿着柳下小路外出寻觅，来到当时相识的旧地，想起当时相会的情景，百感俱生，皱眉不语。望着飘扬的柳絮，她心生一念：柳絮啊柳絮，请你将我的深情吹到情郎那边去吧，让他知道我是怎样地在想他。

上行杯　冯延巳

落梅着雨消残粉①。云重烟轻寒食近。罗幕遮香。柳外秋千出画墙。　　春山颠倒钗横凤②。飞絮入帘春睡重。梦里佳期。只许庭花与月知。

【注释】　①着雨：遇到雨；被雨淋。②春山颠倒：写容妆凌乱的样子。春山，指女子的眉毛。参前冯延巳《鹊踏枝》（几度凤楼同饮宴）注②。

【评点】　此词打破伤春惜春的思维定势，写闺中人春天的欢乐。虽然清明前后，春雨绵绵，梅落粉消，但闺中人还是抑制不住春天的激动。飞荡秋千，越出画墙，可见其情绪飞扬，兴致盎然。荡过秋千，略感困倦，便无忧无虑地卧床休息。睡梦中又是好事连连，与心上人约好佳期。结句最有韵味。本是醒来娇羞不已，梦中情事不便向人说，但内心的激动实在按捺不住，于是月夜在庭中向春花诉说。还可以理解为梦中的佳期正是月夜庭花下相会。此事不能让别人知晓，却不能不让月亮与庭花知道。

忆秦娥　冯延巳

风淅淅①。夜雨连云黑。滴滴。窗外芭蕉灯下客。除非梦魂到乡国。免被关山隔。忆忆。一句枕前争忘得②。

【注释】　①淅淅：形容细雨不断。②争：同"怎"。此句意思是，说一句"忘得"怎能忘得了。李清照《声声慢》的"这次第，怎一个愁字了得"，构思与此相近。

【评点】　这是一首怀乡词。以哀景写哀，情景协调，是此词的一大特点。只身在外、客居他乡的主人公，在风雨交加、天黑雨黑云黑之夜，独听窗外雨打芭蕉。不言情而情自现。灰暗的色调烘托出沉重的心情。"窗外芭蕉灯下客"，犹如两个叠映的蒙太奇镜头，将窗内灯下流浪他乡之客与窗外芭蕉雨剪辑在一起，相互映衬。芭蕉叶大，雨打芭蕉，声音响亮。灯下愁人，本来寂寞难眠，雨声滴滴，更使愁人心情烦躁。这种外景内人相互映衬的构思，与唐人司空曙《喜外弟卢纶见宿》诗的"雨中黄叶树，灯下白头人"有些相似。唐五代诗人词家，常用雨中芭蕉来烘托愁情。如白居易《夜雨》："隔窗知夜雨，芭蕉先有声。"徐凝《宿冽上人房》："觉后始知身是梦，更闻寒雨滴芭蕉。"李煜《长相思》："秋风多，雨相和。帘外芭蕉三两窠。夜长人奈何。"唐人蒋钧的残句最能说明芭蕉雨与人心相互感应的关系："芭蕉叶上无愁雨，自是多情听断肠。"《全宋词》里，写到芭蕉的有74句，与冯延巳此句相似的有晁补之《浣溪沙》："碧纱窗外有芭蕉。"万俟咏《长相思》："窗外芭蕉窗里灯。"洪适《虞美人》："芭蕉滴滴窗前雨。"无名氏《眉峰聚》："窗外芭蕉窗里人。"芭蕉，是唐宋词中具有特定含义和特定作用的审美象。读唐宋词时，应该加以注意。

附录一　李煜、李璟、冯延巳辑评

李煜辑评

王灼《碧鸡漫志》　唐末五代，文章之陋极矣，独乐章可喜，虽乏高韵，而一种奇巧，各自立格，不相沿袭。在士大夫犹有可言，若昭宗"野烟生碧树，陌上行人去"，岂非作者。诸国僭主中，李重光、王衍、孟昶、霸主钱俶，习于富贵，以歌酒自娱。而庄宗同父兴代北，生长戎马间，百战之余，亦造语有思致。国初平一宇内，法度礼乐，浸复全盛。而士大夫乐章顿衰于昔日，此尤可怪。

朱晞颜《跋周氏埙篪乐府引》　旧传唐人《麟角》、《兰畹》、《尊前》、《花间》等集，富艳流丽，动荡心目，其源盖出于王建《宫词》，而其流则韩偓《香奁》、李义山《西昆》之余波也。五季之末，若江南李后主、西川孟蜀王，号称雅制。观其忧幽隐恨，触物寓情，亡国之音，哀思极矣。洎宋欧、苏出，而一扫衰世之陋，有不以文章而直得造化之妙者。抑岂轻薄儿、纨绔子，游词浪语，而为海淫之具哉！其后稼轩、清真，各立门户，或以清旷为高，或以纤巧为美，正如桑叶食蚕，不知中边之味为如何耳。最晚姜白石尧章以音律之学，为宋称首。其遣词缀谱，迥出尘俗，真有"一洗万古凡马空"之气。

郑瑷《蜩笑偶言》 刘禅既为安乐公，而侍宴喜笑，无蜀技之感，司马昭哂其无情。李煜既为违命侯，而词章凄惋，有故国之思，马令讥其大愚。噫！国破身辱之人，瞻望故都，思与不思，无往而不招诮，古人所以贵死社稷也。

胡应麟《少室山房笔丛》 六朝、五季，始若不侔而末极相类。陈、隋二主，固鲁卫之政，乃南唐、孟蜀二后主于词曲皆致工，蜀则韦庄在昶前，唐则冯、韩诸人唱酬，煜世并宋元滥觞也。

胡应麟《诗薮》 南唐中主、后主皆有文。后主一目重瞳子，乐府为宋人一代开山祖。盖温、韦虽藻丽，而气颇伤促，意不胜辞，至此君方是当行作家，清便宛转，词家王、孟。

秦士奇《草堂诗余叙》 李、晏、柳七、秦七，"云破月来花弄影"郎中、"红杏枝头春意闹"尚书，闺彦若易安居士，词之正也。至温、韦艳而促，黄九精而刻，长公骚而壮，幼安辨而奇，又词之变体也。至竹屋、姜白石、史梅溪、吴梦窗诸人，格调迥出清新。故词流于唐而盛于宋。

卓人月《古今词统》 徐士俊云：后主、易安直是词中之妖，恨二李不相遇。

沈谦《填词杂说》 男中李后主，女中李易安，极是当行本色。

又 "红杏枝头春意闹""云破月来花弄影"，俱不及"数点雨声风约住，朦胧淡月云来去"。予尝谓李后主拙于治国，在词中犹不失为南面王，觉张郎中、宋尚书，直衙官耳。

纳兰成德《渌水亭杂识》 《花间》之词如古玉器，贵重而不适用，宋词适用而少贵重。李后主兼有其美，更饶烟水迷离之致。

余怀《玉琴斋词序》 李重光风流才子，误作人主，致有入宋牵机之恨。其所作之词，一字一珠，非他家所能及也。

夏秉衡《历代词选序》 唐末五代，李后主、和成绩、韦端己辈出，语极工丽而体制未备。至南北宋而作者日盛，如清真、石帚、竹山、梅溪、玉田诸集，雅正超忽，可谓词家上乘矣。

王时翔《莫荆琰词序》 词自晚唐温、韦主于柔婉，五季之末，李后主以哀艳之辞倡于上，而下皆靡然从之。入宋号为极盛，然欧阳、秦、黄诸君子且不免相沿袭，周、柳之徒无论已。独苏长公能盘硬语与时异，趋而复失之粗。南渡后得辛稼轩寄情于豪宕中，其所制往往凄凉悲壮，在古乐府与魏武埒。斯可语于诗之变雅矣。

汪筠《读词综书后二十首》 南唐凄婉太痴生，吞吐春月不自明。一拍一杯还一梦，直地亡国为新声。

李其永《读历朝词杂兴》 无限思量去故宫，岂知双燕意难通。居然小令南唐好，一晌贪欢是梦中。

郑方坤《论词绝句》 梧桐深院诉情惊，夜雨罗衾梦尚浓。一种哀音兆亡国，燕山又寄恨重重。

沈道宽《论词绝句》 南朝令主擅风流，吹彻寒笙坐小楼。自是词章称克肖，一江春水泻春愁。

周之琦《词评》 予谓重光天籁也，恐非人力所及。

谭莹《论词绝句》 伤心秋月与春花，独自凭栏度年华。便作词人秦柳上，如何偏属帝王家。

又 念家山破了南唐，亡国音哀事可伤。叔宝后身身世似，端如诗里说陈王。

周济《介存斋论词杂著》 李后主词，如生马驹，不受控捉。毛嫱、西施，天下美妇人也，严妆佳，淡妆亦佳，粗服乱头，不掩国色。飞卿，严妆也。端己，淡妆也。后主，则粗服乱头矣。

张德瀛《词徵》 男中李后主,女中李易安,极是当行本色,前此太白,故称词家三李,此沈去矜说也。宋时严仁、严羽、严参,称邵武三严。嘉兴李武曾与其兄绳远、弟符亦称三李。可云前后辉映。

谢章铤《赌棋山庄词话》 容若尝曰:"《花间》之词如古玉器,贵重而不适用,宋词适用而少贵重。李后主兼有其美,更饶烟水迷离之致。"

谢章铤《叶辰溪我闻室词序》 词渊源三百篇,萌芽古乐府,成体于唐,盛于宋,衰于元明,复昌于国朝。温、李,正始之音也;晏、秦,当行之技也;稼轩出,始用气;白石出,始立格。

吴衡照《莲子居词话》 十国时风雅才调,无过于南唐后主,次则蜀两后主,又次则吴越忠懿王。

谭献《复堂词话》 后主之词,足当太白诗篇,高奇无匹。

冯煦《蒿庵论词》 少游以绝尘之才,早与胜流,不可一世,而一谪南荒,遽丧灵宝。故所为词,寄慨身世,闲雅有情思,酒边花下,一往而深,而怨悱不乱,悄乎得《小雅》之遗。后主而后,一人而已。

冯煦《论词绝句》 梦编罗衾夜未央,秦淮一碧照兴亡。落花流水春归去,一种消魂是李郎。

樊增祥《东溪草堂词选自序》 五季之世,二李为工。后主思深理约,致兼风雅。匪微一朝之隽,抑亦百世之宗。降而端己《浣花》之篇,正中《阳春》之录,因寄所托,归于忠爱,抑其亚也。

又 声音感人,回肠荡气,以李重光为君;演绎和畅而有则,以周美成为极;清劲有骨,淡雅居宗,以姜尧章为最。至于长短皆宜,高下应节,亦终无过于美成者。

陈廷焯《白雨斋词话》 后主词思路凄惋，词场本色，不及飞卿之厚，自胜牛松卿辈。

又 端己《菩萨蛮》四章，惓惓故国之思，而意婉词直，一变飞卿面目，然消息正自相通。余尝谓后主之视飞卿，合而离者也。端己之视飞卿，离而合者也。

又 李后主、晏叔原皆非词中正声，而其词则无人不爱，以其情胜也。情不深而为词，虽雅不韵，何足感人。

陈廷焯《词坛丛话》 词至五代，譬之于诗，两宋犹三唐，五代犹六朝也。后主小令，冠绝一时。韦端己亦不在其下。终五代之际，当以冯正中为巨擘。

陈廷焯《云韶集》 五代词，犹初唐之诗也。李后主情词凄婉，独步一时。和成绩、韦端己、毛平珪三家，语极工丽，风骨稍逊。孙孟文崛起，笔力之高，庶几唐人。自冯正中出，始极词人之工，上接飞卿，下开欧、晏，五代词人，断推巨擘。

又 后主词，凄艳出飞卿之右，晏、欧之祖也。

陈廷焯《词则·大雅集》 后主词凄绝出飞卿之右，而骚意不及。

王鹏运《半塘老人遗稿》 莲峰居士词，超逸绝伦，虚灵在骨。芝兰空谷，未足比其芳华；笙鹤瑶天，讵能方兹清怨？后起之秀，格调气韵之间，或月日至，得十一于千百，若小晏，若徽庙，其殆庶几。断代南渡，嗣音阒然，盖间气所钟，以谓词中之帝，当之无愧色矣。

况周颐《蕙风词话》 唐五代词并不易学，五代词尤不必学，何也？五代词人丁运会，迁流至极，燕酣成风，藻丽相尚。其所为词，即能沉至，只在词中。艳而有骨，只是艳骨。学之能造其域，未为斯道增重。矧徒得其似乎？其铮铮佼佼者，如李重光之性灵，韦端己之风度，冯正中之堂庑，岂操觚之士能方其万一?

况周颐《历代词人考略》 后主词无上上乘,一字一珠,毋庸选择。

王僧保《论词绝句》 落花流水寄唏嘘,如此才情绝世稀。谁遣斯人作天子,江山满目泪沾衣。(《餐樱庑词话》引)

蔡嵩云《柯亭词论》 词尚自然固矣,但亦不可一概论。无论何种文艺,其在初期,莫不出乎自然,本无所谓法。渐进则法立,更进则法密。文学技术日进,人工遂多于自然矣。词之进展,亦不外此轨辙。唐五代小令,为词之初期,故《花间》、后主、正中之词,均自然多于人工。宋初小令,如欧、秦、二晏之流,所作以精到胜,与唐五代稍异,盖人工甚于自然矣。

李璟辑评

胡仔《苕溪渔隐丛话》后集 李易安云:乐府声诗并著,最盛于唐。……自后郑、卫之声日炽,流靡之变日烦,已有《菩萨蛮》、《春光好》、《莎鸡子》、《更漏子》、《浣溪沙》、《梦江南》、《渔父》等词,不可遍举。五代干戈,四海瓜分豆剖,斯文道熄。独江南李氏君臣尚文雅,故有"小楼吹彻玉笙寒"、"吹皱一池春水"之词,语虽奇甚,所谓"亡国之音哀以思"也。

杨慎《词品》 五代僭伪十国之主,蜀之王衍、孟昶,南唐之李景、李煜,吴越之钱俶,皆能文,而小词尤工。如王衍之"月明如水浸宫殿",元人用之为传奇曲子。孟昶之《洞仙歌》,东坡极称之。钱俶"金凤欲飞遭掣搦。情脉脉。行即玉楼云雨隔",为宋艺祖所赏,惜不见其全篇。

黄河清《草堂诗余续集序》 词固乐府铙歌之滥,李供奉、王右丞开其美,南唐李氏父子实弘其业。

彭孙遹《旷庵词序》 历观古今诸词,其以景语胜者,必芊绵而温丽者也;其以情语胜者,必淫艳而佻巧者也。情景合则婉约而不失之淫,情景离则儇浅而或流于荡。如温、韦、二李、少游、美成诸家,率皆以秋至之景写哀怨之情,称美一时,流声千载。

沈初《论词绝句十八首》 南朝乐府最清妍,建业伤心万户烟。谁料简文宫体后,李王风致更翩翩。

江顺诒《词学集成》 比词于诗,原可以初、盛、中、晚论,而不可以时代后先分。如南唐二主似唐之初,秦、柳之琐屑,周、张之纤靡,已近于晚。

同上 顾梁汾云:"容若词一种凄婉处,令人不忍卒读。人言愁我始欲愁。"陈其年云:"《饮水词》,哀感顽艳,得南唐二主之遗。"

杨希闵《词轨》 二主词读之使人悄怆失志,亡国之响也。然真意流露,音节凄婉,善学者,宜得意于形迹之外。

李慈铭《越缦堂读书记》 余于词非当家,所作者真诗余耳。然于此中颇有微悟,盖必若近若远,忽去忽来,如蛱蝶穿花,深深款款;又须于无情无绪中,令人十步九回,如佛言食蜜,中边皆甜。古来得此旨者,南唐二主、六一、安陆、淮海、小山及李易安《漱玉词》耳。屯田近俗,稼轩近霸,而两家佳处,均契渊微。

冯煦《蒿庵论词》 词至南唐,二主作于上,正中和于下,诣微造极,得未曾有。宋初诸家,靡不祖述二主,宪章正中,譬之欧、虞、褚、薛之书,皆出逸少。晏同叔去五代未远,馨烈所扇,得之最先,故左宫右徵,和婉而明丽,为北宋倚声家初祖。

刘攽《中山诗话》谓"元献喜冯延巳歌词，其所自作，亦不减延巳"，信然。

樊增祥《东溪草堂词选自序》 五季之世，二李为王。后主思深理约，致兼风雅。匪惟一朝之隽，抑亦百世之宗。

陈廷焯《云韶集》 （李璟词）凄然欲绝，后主虽工于怨词，总逊此哀婉沉至。

张祥龄《词论》 文章风气，如四序迁移，莫知为而为，故谓之运。左春右秋，冰虫之见，生今反古，是冬箑夏炉，乌乎能。安序顺天，愚者一得。昌黎起八代之衰，亦运使然。南唐二主、冯延巳之属，固为词家宗主，然是勾萌，枝叶未备。小山、耆卿而春矣，清真、白石而夏矣。梦窗、碧山已秋矣。至《白云》，万宝告成，不可推徙，元故以曲继之。此天运之终也。

唐圭璋《南唐二主词总评》 自来论南唐二主词者，无不赏其艺术高奇，秀逸绝伦，既超过西蜀《花间》，又为宋人一代开山。

龙榆生《南唐二主词叙论》 中主实有无限感伤，非仅流连光景之作。王国维独赏其"菡萏香销翠叶残，西风愁起绿波间"二语，谓"大有众芳芜秽，美人迟暮之感"（《人间词话》），似犹未能了解中主心情。论世知人，读南唐二主词，应作如是观，惜中主传作过少耳。

詹安泰《李璟李煜词·前言》 （李璟词）四首都具有很充实的生活内容，《浣溪沙》两首更渗透悲愤的情调，应该是他后期的作品。这两首小词已明显地标志着作者特有的艺术风格：第一，词句间很少修饰，已摆脱了"镂玉雕琼"的习气；第二，层次转折多，又能灵活跳荡，没有晦涩或呆滞的毛病；第三，意境阔大，概括力强，拆开来看，各个句子都有独立的意境；合起来看，却从各种各样的意境中来表现同一的主题；第四，感慨很深，接触到自己的感受时，都倾泻出无可抑遏的热情。这一切，在和他同时的词的结集——《花间集》里是找不到的。《花间集》里，像韦庄的作品，也少修饰，但意境不很阔大；像温庭筠的作品，也有层次转折较多的，但词句雕炼修饰，陷于晦涩呆滞，很不好懂；像鹿虔扆的《临江仙》，感慨也深，但色彩很浓，也多修饰，而且他的四首作品中只有这一首有较深的感慨，此外都是旖旎风流之作。李璟词这种特有的风格，可以说是他的艺术的独创性的表现。因此他流传的词虽很少，而历来对它的评价却相当高。例如王安石对"细雨梦回鸡塞远，小楼吹彻玉笙寒"的评价，甚至认为高于李煜的"恰似一江春水向东流"（《雪浪斋日记》）。这当然是王安石个人主观的看法，但总可以看出后人对李璟词抬到怎样高的地位。王国维在《人间词话》里说："词至李后主而眼界始大，感慨遂深，遂变伶工之词而为士大夫之词。"我认为李煜词这种特征，有部分是受他父亲的影响，继承他父亲的传统而加以发扬光大的。

冯延巳辑评

刘攽《中山诗话》 晏元献尤喜江南冯延巳歌词。其所自作，亦不减延巳。

张炎《词源》 词之难于令曲，如诗之难于绝句，不过十数句，一句一字闲不得。末句最当留意，有有余不尽之意始佳。当以唐《花间集》中韦庄、温飞卿为则。又如冯延巳、贺方回、吴梦窗亦有妙处。

沈雄《古今词话·词评》引《乐府纪闻》 冯延巳字正中，

广陵人。唐元宗以优待藩邸旧僚,自记室至中书侍郎入相。词最富,有《阳春集》。

又引《蓉城集》 "宫瓦数行晓日,龙旂百尺春风",殊有元和气象。阳春词尚饶蕴藉,堪与李氏齐驱。

沈雄《柳塘词话》 陈世修云:冯公乐府思深语丽,韵逸调新,有杂入《六一集》中者。余谓其多至百首,黄山谷、陈后山犹以庸滥目之。然诸家骈金俪玉,而阳春词为言情之作。

周济《介存斋论词杂著》 皋文曰:"延巳为人专蔽固嫉,而其言忠爱缠绵,此其君所以深信而不疑也。"

刘熙载《艺概》 温飞卿词精妙绝人,然类不出乎绮怨。韦端己、冯正中诸家词,留连光景,惆怅自怜,盖亦易飘飏于风雨者。若第论其吐属之美,又何加焉。

又 冯延巳词,晏同叔得其俊,欧阳永叔得其深。

程恩泽《题周稚圭前辈〈金梁梦月词〉》 高才延巳追端己,小令中唐溢晚唐。更用骚心为乐府,漫天哀艳李重光。

冯煦《蒿庵论词》 词至南唐,二主作于上,正中和于下,诣微造极,得未曾有。宋初诸家,靡不祖述二主,宪章正中,譬之欧、虞、褚、薛之书,皆出逸少。晏同叔去五代未远,馨烈所扇,得之最先,故左宫右徵,和婉而明丽,为北宋倚声家初祖。刘攽《中山诗话》谓"元献喜冯延巳歌词,其所自作,亦不减延巳",信然。

冯煦《唐五代词选序》 吾家正中翁,鼓吹南唐,上翼二主,下启晏、欧,实正变之枢纽,短长之流别也。

缪荃孙《宋元词四十家序》 阳春领袖于南唐,庆湖负声于北宋,碧山之绵渺,梅溪之轶丽,中圭双秀,不殊怨悱之音。

樊增祥《东溪草堂词选自叙》 五季之世,二李为工。后主思深理约,致兼风雅,匪惟一朝之隽,抑亦百世之宗。降而端己

《浣花》之篇，正中《阳春》之录，因寄所托，归于忠爱，抑其亚也。

陈廷焯《白雨斋词话》 冯正中词，极沉郁之致，穷顿挫之妙，缠绵忠厚，与温、韦相伯仲也。

又 晏、欧词雅近正中，然貌合神离，所失甚远。盖正中意馀于词，体用兼备，不当作艳词读。若晏、欧不过极力为艳词耳，尚安足重。

又 晏元献、欧阳文忠皆工词，而皆出小山下。专精之诣，固应让渠独步。然小山虽工词，而卒不能比肩温、韦，方驾正中者，以情溢词外，未能意蕴言中也。故悦人甚易，而复古则不足。

又 声名之显晦，身分之高低，家数之大小，只问其精与不精，不系乎著作之多寡也。子建、渊明之诗，所传不满百首。然较之苏、黄、白、陆之数千百首者，相越何止万里。词中如飞卿、端己、正中、子野、东坡、少游、白石、梅溪诸家，脍炙人口之词，多不过二三十阕，少则十余阕或数阕，自足雄峙千古，无与为敌。

陈廷焯《词坛丛话》 词至五代，譬之于诗。两宋犹三唐，五代犹六朝也。后主小令，冠绝一时，韦端己亦不在其下。终五代之际，当以冯正中为巨擘。

陈廷焯《云韶集》 正中词为五代之冠。正中词高处入飞卿之室，却不相沿袭；雅丽处，时或过之。

又 正中词如摩诘之诗，字字和雅，晏、欧之祖也。

张祥龄《词论》 文章风气，如四序迁移，莫知为而为，故谓之运。左春右秋，冰虫之见，生今反古，是冬箑夏炉，乌乎能。安序顺天，愚者一得。昌黎起八代之衰，亦运使然。南唐二主，冯延巳之属，固为词家宗主，然是勾萌，枝叶未备。小山、耆卿，而春矣。清真、白石，而夏矣。梦窗、碧山，已秋矣。至白云，万宝告成，无可推徙，元故以曲继之。此天运之终也。

陈锐《裛碧斋词话》 词有天籁，小令是已。本朝词人，盛称纳兰成德，余读之，但觉千篇一律，无所取裁。鹿虔扆、冯正中之流，不如是也。

沈曾植《菌阁琐谈》 刘公䈋谓"词须上脱香奁，下不落元曲，乃称作手"。亦为一时名语。然不落元曲易耳，浙派固绝无此病。而明季诸公宗《花间》者，乃往往不免。若所谓上脱香奁者，则韦庄、光宪既与致光同时，延巳、熙震亦与成绩并世，波澜不二，风习相通，方当于此津逮唐馀，求欲脱之，是欲升而去其阶已（国初诸公，不能画《花间》、《草堂》界限，宜有此论）。

况周颐《蕙风词话》 （唐五代词中）其铮铮佼佼者，如李重光之性灵，韦端己之风度，冯正中之堂庑，岂操觚之士能方其万一。

况周颐《历代词人考略》 《阳春》一集，为临川、珠玉所宗，愈瑰丽，愈醇朴。南渡名家，沾丐膏馥，辄臻上乘。冯词如古蕃锦，如周、秦宝鼎彝，琳琅满目，美不胜收。词之境诣至此，不易学，并不易知，未容漫加选择，与后主词实异曲同工也。

俞陛云《唐五代两宋词选释》 延巳与江南李后主为布衣交，遂登台辅。其时江介晏安，朋僚宴集，辄为乐府新词，倚丝竹而歌之，精丽飘逸，传诵一时。迨周师压境，国步日艰，所作若《三台令》、《归国谣》、《蝶恋花》诸调，旨隐而词微，其忧危之念，藉词以发之。殁后，南唐失国，遗稿散失，后贤采辑，存者无多矣。兹录取五十首。《阳春集》为五代词中之圣，犹《清真集》之在北宋也。

王国维《人间词话》 张皋文谓飞卿之词"深美闳约",余谓此四字,唯冯正中足以当之。刘融斋谓"飞卿精妙绝人",差近之耳。

又 "画屏金鹧鸪",飞卿语也,其词品似之。"弦上黄莺语",端己语也,其词品亦似之。正中词品,若欲于其词句中求之,则"和泪试严妆",殆近之欤。

又 冯正中词虽不失五代风格,而堂庑特大,开北宋一代风气。与中、后二主词皆在《花间》范围之外,宜《花间集》中不登其只字也。

又 词之最工者,实推后主、正中、永叔、少游、美成,而后此南宋诸公不与焉。

王国维《人间词话》附录 端己词,情深语秀,虽规模不及后主、正中,要在飞卿之上。观昔人颜、谢优劣论可知矣。

又 温、韦之精艳,所以不如正中者,意境有深浅也。

蔡嵩云《柯亭词论》 词尚自然固矣,但亦不可一概论。无论何种文艺,其在初期,莫不出乎自然,本无所谓法。渐进则法立,更进则法密。文学技术日进,人工遂多于自然矣。词之进展,亦不外此轨辙。唐五代小令,为词之初期,故花间、后主、正中之词,均自然多于人工。宋初小令,如欧、秦、二晏之流,所作以精到胜,与唐五代稍异,盖人工甚于自然矣。宋初慢词,犹接近自然时代,往往有佳句而乏佳章。自屯田出而词法立,清真出而词法密,词风为之丕变。如东坡之纯任自然者,殆不多见矣。南宋以降,慢词作法,穷极工巧。稼轩虽接武东坡,而词之组织结构,有极精者,则非纯任自然矣。梅溪、梦窗,远绍清真,碧山、玉田,近宗白石,词法之密,均臻绝顶。宋词自此,殆纯乎人工矣。总之尚自然,为初期之词。讲人工,为进步之词。词坛上各占地位,学者不妨各就性之所近而习之。必是丹非素，非通论也。

又　正中词，缠绵悱恻，在五代，别具一种风格。秾艳如飞卿，清丽如端己，超脱如后主，均与之不同家数。其词最难学，出之太易，则近率滑，过于锻炼，又伤自然，总难恰到好处。

又　正中词难学，在其轻描淡写不用力处。一着浓缛字面，即失却《阳春》本色。近代王静庵《人间词》，接武欧、晏，其实欧、晏仍自《阳春》出。《人间词》中，《蝶恋花》调最多，亦最佳，即《鹊踏枝》也。

陈匪石《声执》　《花间集》，为最古之总集，皆唐五代之词。辑者后蜀赵崇祚。甄选之旨，盖择其词之尤雅者，不仅为歌唱之资，名之曰诗客曲子词，盖有由也。所录诸家，与前后蜀不相关者，唐惟温庭筠、皇甫松。五代惟和凝、张泌、孙光宪。其外十有三人，则非仕于蜀，即生于蜀。当时海内俶扰，蜀以山谷四塞，苟安之余，弦歌不辍，于此可知。若冯延巳与张泌时相同，地相近，竟未获与，乃限于闻见所及耳。考《花间》结集，依欧阳炯序，为后蜀广政三年，即南唐昇元四年。冯方为李璟齐王府书记，其名未著。陈世修所编《阳春集》，有与《花间》互见者，如温庭筠之《更漏子》（玉炉烟）、《酒泉子》（楚女不归）、《归国遥》（雕香玉），韦庄之《菩萨蛮》（人人尽说江南好）、《清平乐》（春愁南陌）、《应天长》（绿槐阴里），以及薛昭蕴、张泌、牛希济、顾复、孙光宪各一首，疑宋人羼入冯集。王国维谓冯及二主堂庑特大，故《花间》不登其只字，则逞臆之谈，未考其年代也。

吴梅《词学通论》　正中词，缠绵忠厚，与温韦相伯仲。

汪东《唐宋词选》　唐五代词胜处，温醇蕴藉，后世所不能至。若夫穷其末流或稍涉轻艳。宋人恢张其体，始极顿挫浏亮之观，而承先开后，则南唐后主与正中是也。《阳春》于含蓄之中寓沉着之思。近人冯煦谓其"俯仰身世，所怀万端，缪悠其词，若显若晦，揆诸六义，比兴为多"，"类劳人思妇羁臣逐子郁伊怆怳之所为"，"世亶以靡曼目之，诬已"。此虽褒称先世，亦庶几天之公言乎。

刘麟生《中国诗词概论》 冯延巳的词，第一能表现浓厚的情感，第二能有扩大的境界，第三善造清新的语言。

刘永济《唐五代两宋词简析》 其（冯延巳）词却极佳，词中表达之情极其复杂，有猜疑者，有希冀者，有留恋者，有怨恨者，有放荡者，而皆能随意写出，艺术甚高。宋初词人，皆受其影响。

龙榆生《唐宋名家词选》 延巳在五代为一大作家，与温、韦分鼎三足，影响北宋诸家者尤巨。南唐歌词种子，向江西发展，辙迹可录，冯氏实其中心人物，治词史者所不容忽也。

附录二　南唐二主生平资料

南唐中主李璟

一、宋薛居正《旧五代史》卷一百三十四：景，本名璟，及将臣于周，以犯庙讳，故改之。昇之长子也。昇卒，乃袭伪位，改元为保大。以仲弟遂为皇太弟，季弟达为齐王，仍于父柩前设盟约，兄弟相继。景僭号之后，属中原多事，北土乱离，雄据一方，行余一纪。其地东暨衢婺，南及五岭，西至湖湘，北据长淮，凡三十余州，广袤数千里，尽为其所有，近代僭窃之地，最为强盛。（节）周显德二年（九五五）冬，世宗始议南征，以宰臣李谷为前军都部署。是冬，周师围寿春。三年（九五六）春，世宗亲征淮甸，大败淮寇于正阳，遂进攻寿州。寻又今上败何延锡于涡口，擒皇甫晖于滁州。景闻之大惧，遣其臣钟谟、李德明等奉表于世宗，乞为附庸之国，仍岁贡百万之数。又进金银器币及犒军牛酒。未几，又遣其臣孙晟、王崇质等奉表修贡，且言："景愿割濠、寿、泗、楚、光、海等六州之地，隶于大朝，乞罢攻讨。"世宗未之许。（节）四年（九五七）春，世宗再驾南征。三月，大败江南援军于紫金山，寻下寿州，乃命班师。是岁冬十月，世宗复临淮甸，连下濠、泗二郡，进攻楚州。明年春正月，拔之，遂移幸扬州，驻大军于迎銮，将议济江。景闻之，自谓亡在朝夕，乃欲谋传位其世子，使称藩于周。遣其臣陈觉奉表陈情，且顺世宗之旨焉。觉至，世宗召对于御幄，是时江北诸州，惟庐、舒、蕲、黄四郡未下，世宗因谓觉曰："江南国主若能以江北之地尽归于我，则朕亦不至于穷兵黩武。"觉闻命忻然，即遣人过江取景表，以庐、舒、蕲、黄等四州来上，乞画江为界，仍岁贡地徵数十万。世宗许之，乃还京。自是景始行大朝正朔，上章称唐国主臣景，累遣使修贡，亦不失外臣之礼焉。皇朝建隆二年夏，景以疾卒于金陵，时年四十六。以其子煜袭伪位，其后事具皇家日历。

二、宋欧阳修《新五代史》卷六十二本传：景，初名景通，昪长子也。既立，又改名璟。徐温死，昪专政，以为兵部尚书、参知政事。明年，昪镇金陵，留景为司徒、同平章事。与宋齐丘、王令谋居广陵，辅杨溥。昪将篡国，召景归金陵为副都统。昪立，封齐王。昪卒，嗣位，改元保大。（节）盟于升枢前，约兄弟世世继立。（节）景以冯延巳、常梦锡为翰林学士，冯延鲁为中书舍人，陈觉为枢密使，魏岑、查文徽为副使。梦锡值宣政殿，专掌密命，而延巳等皆以邪佞用事，吴人谓之"五鬼"。梦锡屡言五人者不可用，景不纳。（节）十三年（九五五）十一月，周师南征。（节）乃拜李谷为行营都部署，攻自寿州始。是时，宋齐丘为洪州节度使，景召齐丘还金陵，以刘彦贞为神武统军，刘仁瞻为清淮军节度使，以拒周师。（节）世宗营于淝水之阳，徙浮桥于下蔡。景遣林仁肇等争之不得，而周师取滁州，景惧，遣泗州牙将王知朗至徐州，称唐皇帝奉书，愿效贡赋，陈兄事之礼，世宗不答。景东都副留守冯延鲁、光州刺史张绍、舒州刺史周祚、泰州刺史方讷皆弃城走。延鲁削发为僧，为周兵所获。蕲州裨将李福杀其刺史王承隽降周。景益惧，始改名景以避周庙讳。遣其翰林学士钟谟、文理院学士李德明奉表称臣，献犒军牛五百头、酒二千石、金银罗绮数千，请割寿、濠、泗、楚、光、海六州，以求罢兵。世宗不报，分兵袭下扬、泰。景遣人怀腊丸书走契丹求救，为边将所执。光州刺史张承翰降周。（节）初，周师南征，无水战之具，已而屡败景兵，获水战卒，乃造战舰数百艘，使降卒教之水战，命王环将以下淮。景之水军多败，长淮之舟，皆为周师所得。（节）景初自恃水战，以周兵非敌，且未能至江。及觉（陈觉）奉使，见舟师列于江次甚盛，以为自天而下，乃请曰："臣愿还国取景表，尽献江北诸州，如约。"世宗许之。（节）是时扬、泰、滁、和、寿、濠、泗、楚、光、海等州，已为周得，景遂献庐、舒、蕲、黄，画江以为界。正月，景下令去帝号，称国主，奉周正朔，时显德五年也。（节）六月，景卒，年六十四（一本作"四十六"）。从嘉嗣立，以丧归金陵，遣使入朝，愿复景帝号。太祖皇帝许之，乃谥曰明道崇德文宣孝皇帝，庙号元宗，陵曰顺陵。

三、宋马令《南唐书》卷二十五《王感化传》：王感化善讴歌，声韵悠扬，清振林木。系乐部，为歌板色。元宗即位，宴乐击鞠不辍。尝乘醉命感化奏水调词，感化惟歌"南朝天子爱风流"一句，如是者数四。元宗辄悟，覆杯叹曰："使孙、陈二主得此，不当有衔璧之辱也。"感化由是有宠。元宗尝作《浣溪沙》二阕，手写赐感化。曰"菡萏香销翠叶残，西风愁起碧波间。还与容光共憔悴，不堪看。　细雨梦回清漏永，小楼吹彻玉笙寒。漱漱泪珠多少恨，倚阑干"。"手卷珠帘上玉钩，依前春恨锁重楼。风里落花谁是主，思悠悠。　青鸟不传云外信，丁香空结雨中愁。回首绿波春色暮，接天流"。后主即位，感化以其词札上之。后主感动，赏赉感化甚优。

四、宋郑文宝《南唐近事》卷二：元宗嗣位之初，春秋鼎盛，留心内宠，宴和击鞠，略无虚日。常乘醉命乐工杨花飞奏《水调》词进酒。花飞惟歌"南朝天子好风流"一句，如是者数四。上既悟，覆杯大恸，厚赐金帛，以旌敢言。上曰："使孙、陈二主得此一句，固不当有衔璧之辱也。"翌日，罢诸欢宴，留心庶事，图闽吊楚，几致治平。

五、《江表志》卷中：上友爱之分，备极天伦。登位之初，与太弟遂、燕王遏、齐王达，出处游宴，未尝相舍，军国之政，同为决策。保大五年（九四七）元日大雪，上诏太弟以下登楼展宴，咸命赋诗，令中使就私第赐李建勋。建勋方会中书舍人徐铉、勤政殿学士张义方于溪亭，即时和进。元宗乃召建勋、铉、义方同入，夜艾方散。

六、宋李硕《古今诗话》：南唐元宗割江之后，金陵对岸，即是敌境。因迁都豫章，每北望，忽忽不乐，有诗曰："灵槎思浩荡，老鹤忆崆峒。"又《庐山百花亭刊石》云："苍苔迷古道，红叶乱朝霞。"皆佳句也。（引见郭绍虞《宋诗话辑佚》）

七、宋史虚白《钓矶立谈》：元宗神采精粹，词旨清畅，临朝之际，曲尽姿致。湖南尝遣廖法正将聘，既还，语人曰："汝未识东朝官家，其为人粹若琢玉，南岳真君恐未如也。"是以荆渚孙光宪叙《续通历》云："圣表闻于四邻。"盖谓此也。又：天性雅好古道，被服朴素，宛同儒者。时时作为歌诗，皆出入风骚，士人传以为玩，服其新丽。

八、明蒋一葵《尧山堂外纪》卷四十：王感化初隶光山乐籍，后入金陵教坊。李嗣主宴苑中，有白野鹊飞集。李主令赋诗。应声曰："碧山深洞恣游遨，天与芦花作羽毛。要识此来栖宿处，上林琼树一枝高。"李主大悦，因手写所作《浣溪沙》二阕赐之。其词曰"菡萏香消翠叶残……"后主即位，感化以其词上之，后主赏赐甚优。

九、清吴任臣《十国春秋》卷十六：元宗名璟，字伯玉，烈祖长子。母元敬皇后。初名景通。风度高秀，工属文，年始十岁，官驾部郎中，累进诸卫将军，拜司徒、平章事、知中外诸军事、都统。烈祖为齐王，立为王太子，固让。及受禅，封吴王，徙封齐王，为诸道兵马大元帅。升元四年八月，立为皇太子。（节）是日（保大元年春三月己卯朔），即皇帝位，大赦境内，改元保大。（节）建隆二年（九六一）六月，疾革，亲书遗令，留葬西山，累土数尺为坟，且曰："违吾言，非忠臣孝子。"夕有大星殒于南都。庚申，殂于长春殿。年四十六，后主不忍从遗令，迎梓宫还。秋八月，至金陵。丁未，殡于宫中万寿殿，告哀于宋，且请追复帝号，许之。乃谥曰"明道崇德文宣孝皇帝"，庙号"元宗"。明年正月戊寅，葬顺陵。帝音容闲雅，眉目若画。（节）好读书，能诗。元宗《春恨》、《浣溪沙》词及《帝台春》词，称为绝伦。（节）多才艺，便骑善射。少喜栖隐，筑馆于庐山瀑布前，盖将终焉，迫于绍袭而止。

十、龙榆生《唐宋名家词选》：李璟，字伯玉，初名景通，烈祖元子也，美容止，器宇高迈，性宽仁，有文学。甫十岁，吟《新竹》诗云："栖凤枝梢犹软弱，化龙形状已依稀。"人皆奇之。烈祖受禅，封吴王。累迁太尉、中书令、诸道元帅，录尚书事，改封齐王。嗣位，改元保大，在位十九年，以宋建隆二年（九六一）六月，殂于南都（南昌），年四十六，庙号元宗。（节）词传世者只四阕。

南唐后主李煜

一、宋欧阳修《新五代史》卷六十二：煜字重光，初名从嘉，景第六子也。煜为人仁孝，善属文，工书画，而丰额骈齿，一目重瞳子。自太子冀已上，五子皆早亡，煜以次封吴王。建隆二年（九六二）景迁南都，立煜为太子，留监国。景卒，煜嗣立于金陵。（节）煜尝以熙载尽忠，能直言，欲用为相，而熙载后房姬妾数十人，多出外舍私侍宾客，煜以此难之。（节）熙载卒，煜叹曰："吾终不得熙载为相也。"（节）开宝四年（九七一），煜遣其弟韩王从善朝京师，遂留不遣。煜手疏求从善还国，太祖皇帝不许。煜尝怏怏以国蹙为忧。日与臣下酣宴，愁思悲歌不已。（节）煜性骄侈，好声色，又喜浮图，为高谈，不恤政事。六年（九七三），内史舍人潘佑上书极谏，煜收下狱，佑自缢死。七年（九七四），太祖皇帝遣使诏煜赴阙，煜称疾不行。王师南征，煜遣徐铉、周惟简等奉表朝廷求缓师，不答。八年（九七五）十二月，王师克金陵。九年（九七六），煜俘至京师，太祖赦之，封煜违命侯，拜左千牛卫将军。（节）太祖皇帝之出师南征也，煜遣其臣徐铉朝于京师。铉居江南，以名臣自负。其来也，欲以口舌驰说存其国，其日夜计谋思虑言语应对之际详矣。及其将见也，大臣亦先入请，言铉博学有才辩，宜有以待之。太祖笑曰："第去，非尔所知也。"明日，铉朝于廷。仰而言曰："李煜无罪，陛下师出无名。"太祖徐召之升，使毕其说。铉曰："煜以小事大，如子事父，未有过失，奈何见伐？"其说累数百言，太祖曰："尔谓父子者为两家可乎？"铉无以对而退。呜呼，大哉，何其言之简也。

二、后周陶谷《清异录》卷上：李煜在国，微行倡家，遇一僧张席，煜遂为不速之客。僧酒令论吟弹吹，莫不高了。见煜明俊蕴藉，契合相爱重。煜乘醉大书右壁曰："浅斟低唱偎红倚翠大师，鸳鸯寺主，传持风流教法。"久之，僧拥妓之屏帷，煜徐步而出，僧妓竟不知煜为谁也。煜尝密谕徐铉，铉言于所亲焉。

三、宋陈彭年《江南别录》：（后主）幼而好古，为文有汉魏风。母兄冀为太子,性严忌,后主独以典籍自娱,未尝干预时政。

四、宋史虚白《钓矶立谈》:叟昔于江表民家见窃写真容,观其广颡隆准,风神洒落,居然有尘外意。又:后主性喜学问。(节)其论国事,每以富民为务。好生戒杀,本其天性。承戡国之后,群臣又皆寻常充位之人,议论率不如旨,尝一日叹曰:"周公仲尼,忽去人迷,吾道芜塞,其谁与明。"乃著《杂说》数千万言曰:"特垂此空文,庶儿百世之下有以知吾心耳。"

五、宋龙衮《江南野史》卷二:嗣主音容闲雅,眉目若画。尚清洁,好学而能诗,天性儒懦,素昧威武。

六、宋文莹《湘山野录》卷中:江南李后主煜性宽恕,威令不素著,神骨秀异,骈齿,一目有重瞳。笃信佛法。殆国势危削,自叹曰:"天下无周公、仲尼,君道不可行。"但著《杂说》百篇以见志。十一月,猎于青龙山,一牝狙触网于谷,见主两泪,屡指其腹,主大怪,戒虞人保以守之。是夕,果诞二子,因感之。还幸大理寺,亲录囚系多所,原贷一大辟妇,以孕在狱,产期满则伏诛,未几亦诞二子。煜感牝狙之事,止流于遂。吏议短之。

七、宋刘斧《翰府名谈》(引见《诗话总龟》前集卷三十三):李煜暮岁乘醉书于牖曰:"万古到头归一死,醉乡葬地有高原。"醒而见之大悔,不久谢世。

八、宋沈括《梦溪笔谈》卷下:江南库中书画至多。(节)后主善画,尤工翎毛。或云,凡言钟隐笔者皆后主自画。后主尝自号钟山隐士,故晦其名谓之钟隐,非姓钟人也。今世传钟画,但无后主亲题者皆非也。

九、宋阮阅《诗话总龟》前集卷二十四引《江南野录》:刘洞尝以诗百余首献李煜,首篇乃《石城怀古》:"石城古岸头,一望思悠悠。几许六朝事，不禁江水流。"煜览之，掩卷改容。金陵将危，为七言诗，大榜于路旁曰："千里长江皆渡马，十年养士得何人！"又云："翻忆潘郎奏章中，憎憎日暮好沾巾。"盖潘佑表云"家国憎憎，如日将暮"也。

十、宋高晦叟《珍席放谈》卷上：江南李后主善词章，能书画，皆臻妙绝。是时纸笔之类亦极精致。世传尤好玉屑笺，于蜀主求笺匠造之，惟六合水最宜于用，即其地制作。今本土所出麻纸无异玉屑，盖所造遗范也。

十一、宋王铚《默记》：徐铉归朝，为左散骑常侍，迁给事中。太宗一日问"曾见李煜否"。铉对以臣安敢私见之。上曰："卿第往，但言朕令卿往相见，可矣。"铉遂径往其居，望门下马，但一老卒守门。徐言"愿见太尉"。卒言"有旨不得与人接，岂可见也"。铉曰"我乃奉旨来见"。老卒往见。徐入，立庭下。久之，老卒遂入，取旧椅子相对。铉遥望见，谓卒曰"但正衙一椅足矣"。顷间，李主纱帽道服而出。铉方拜，而李主遽下阶，引其手以上。铉告辞宾主之礼。李主曰"今日岂有此礼"。徐引椅少偏，乃敢坐。后主相持大哭，乃坐。默不言，忽长吁叹曰"当时悔杀了潘佑、李平"。铉既去，乃有旨再对，询后主何言。铉不敢隐。遂有秦王赐牵机药之事。牵机药者，服之前却数十回，头足相就，如牵机状也。又后主在赐第，因七夕命故妓作乐，声闻于外。太宗闻之大怒。又传"小楼昨夜又东风"及"一江春水向东流"之句，并坐之，遂被祸云。

又，小说载江南大将获后主宠姬者，见灯辄闭目云："烟气！"易以蜡烛，亦闭目云："烟气愈甚！"曰："然则宫中未尝点烛耶？"曰："宫中本阁每至夜，则悬大宝珠，光照一室，如日中也。"观此，则李氏之豪侈可知矣。

十二、宋曾慥《类说》卷五十二引《翰府名谈》李后主诗条：江南李主一目重瞳，务长夜之饮，内日给酒三石。艺祖勅不与酒，奏曰："不然，何计使之度日。"遂复给之。李主姿貌绝美，艺祖曰："公非贵貌也，乃一翰林学士耳。"有诗曰："鬓从今日添新白，菊是去年依旧黄。"又云："青鸟不传云外信，丁香空结雨中愁。"皆是气不满，有亡国之悲。临终有诗云："万古到头为一醉，死乡葬地有高原。"

十三、宋不著撰人《宣和画谱》卷十七：江南伪后主李煜，字重光。政事之暇，寓意于丹青，颇到妙处。自称钟峰隐居，又略其言曰钟隐，后人遂与钟隐画浑淆称之。然李氏能文，善书画，书作颤笔樛曲之状，遒劲如寒松霜竹，谓之"金错刀"，画亦清爽不凡，别为一格。然书画同体，故唐希雅初学李氏之错刀笔。后画竹乃如书法，有颤掣之状，而李氏又复能为墨竹，此互相备取也。其画虽传世者不多，然推类可以想见，至于画《风虎云龙图》者，便见有霸者之略，异于常画，盖不期至是，而志之所之，有不能遏者，自非吾宋以德服海内，而率土归心者，其孰能制之哉。

十四、宋叶梦得《石林燕语》卷四：江南李煜既降，太祖尝因曲燕问："闻卿在国中好吟诗。"因使举其得意者一联。煜沉吟久之，诵其《咏扇》云："揖让月在手，动摇风满怀。"上曰："满怀之风却有多少？"他日复燕煜，顾近臣曰："好一个翰林学士。"

十五、宋马令《南唐书》卷五：（开宝）八年（九七五），春，阅民为师徒，（节）凡一十三等，皆使杆敌守把。（节）秋，洪州节度使朱令赟将兵一十五万屯浔阳、湖口。（节）以书召南郡留守刘克贞，代镇湖口。克贞以病留，令赟亦未进。国主累促之。令赟以长筏大舰，帅水陆诸军。至虎蹲洲，与王师遇。舟筏俱焚，令赟死，余众皆溃。金陵受围经岁，城中斗米万钱，死者相枕藉。自润州降后，不闻外信。或云令赟已败，国主犹意其不实。冬,百姓疫死,士卒乏食。大军史以十有一月乙未破城。国主议遣其子清源公仲寓出通降款。左右以谓壁垒如此,天象无变,岂可计日取降。是日,城果陷。宫中图籍万卷,尤多钟王墨迹。国主尝谓所幸保仪黄氏曰:"此皆累世保惜。城若不守,尔可焚之,无使散逸。"及城陷,文籍尽炀。光政使陈乔曰:"吾当大政,使国家致此,非死无以谢。"乃自缢死。诸将战没者,犹数十人。升元寺阁崇构,因山为基,高可十丈。(节)士大夫暨豪民富商之家,美女少妇,避难于其上,迨数百人,越兵举火焚之,哭声动天,一旦而烬。大将曹彬整军成列,至其宫门。门开,国主跪拜纳降。彬答拜,为之尽礼。先是,宫中预积薪。煜誓言社稷失守,当携血属赴火。既见彬,彬谕以归朝俸禄有限,费用日广。(节)一归有司之籍,既无及矣。遣煜入治装,裨将梁迥、田钦祚力争,以谓苟有不虞,咎将谁执。彬笑而不答。匡亭固谏。彬曰:"彼能出降,安能死乎。"翌日治舟。彬遣健卒五百人为津,致辎重登舟,(节)煜举族冒雨乘舟,百司官属仅十艘。煜渡中江,望石城,泣下。自赋诗云:"江南江北旧家乡。三十年来梦一场。吴苑宫闱今冷落,广陵台殿已荒凉。云笼远岫愁千片,雨打归舟泪万行。兄弟四人三百口,不堪闲坐细商量。"至汴日,登普光寺,擎拳赞念久之,散施缗帛甚众。

十六、宋张邦基《墨庄漫录》卷七:宣和间,蔡宝臣致君收南唐后主书数轴来京师,以献蔡绦约之。其一乃王师收金陵,城垂破时,仓皇中作一疏,祷于释氏,愿兵退之后,许造佛像若干身,菩萨若干身,斋僧若干万员,建殿宇若干所。其数皆甚多。字画老草,然皆遒劲可爱。盖危窘急中所书也。又有《看经发愿文》。自称莲峰居士李煜。又有长短句《临江仙》云:"樱桃结子春归尽,蝶翻金粉双飞。子规啼月小楼西。玉钩罗幕,惆怅卷金泥。门巷寂寥人去后,望残烟草低迷。"而无尾句。刘延仲为补之云:"何时重听玉聪嘶。扑帘飞絮,依约梦回时。"

十七、宋陆游《南唐书》卷三:后主天资纯孝,事元宗尽子道。(节)嗣位之初,属保太军兴之后,国削势弱,帑庾空竭,专以爱民为急,蠲赋息役,以裕民力。尊事中原,不惮卑屈,境内赖以少安者十有五年。宪司章疏,有绳纠过评,皆寝不下。(节)然酷好浮屠,崇塔庙,度僧尼,不可胜算。(节)以故颇废政事。(节)兵兴之际,降御札移易将帅,大臣无知者。(节)长围既合,内外隔绝。城中之人,惶怖无死所。后主方幸净居室,听沙门,(节)讲《楞严圆觉经》。(节)群臣皆知国亡在旦暮,而张洎犹谓北师已老,将自遁去。后主益甘其言,晏然自安。命户部员外郎伍乔,于围城中放进士孙确等三十八人及第。(节)故虽仁爱足以感其遗民,而卒不能保社稷云。

十八、宋胡仔《苕溪渔隐丛话》前集卷五十九。《诗话总龟》后集卷三十二:《西清诗话》云,南唐后主围城中作长短句,未就而城破。"樱桃落尽春归去,蝶翻金粉双飞。子规啼月小楼西。曲栏金箔,惆怅卷金泥。门巷寂寥人去后,望残烟草低迷"。余尝见残稿,点染晦昧,心方危窘,不在书耳。艺祖云李煜若以作诗工夫治国事,岂为吾虏也。苕溪渔隐曰:余观《太祖实录》及三朝正史云,开宝七年十月诏曹彬、潘美等率师伐江南,八年十一月拔升州。今后主词乃咏春景,决非十一月城破时作。《西清诗话》云,"后主作长短句,未就而城破",其言非也。然王师围金陵凡一年,后主于围城中春间作此诗,则不可知。是时其心岂不危窘,于此言之乃可也。

十九、宋陈善《扪虱新话》上集卷二:帝王文章自有一般富贵气象。国初,江南遣徐铉来朝。铉欲以辩胜,至诵后主月诗云云。太祖皇帝但笑曰:"此寒士语耳,吾不为也。吾微时,夜自华阴道中逢月出,有句云'未离海底千山暗,才到中天万国明'。"铉闻，不觉骇然惊服。太祖虽无意为文，然出语雄杰如此。予观李氏据江南全盛时，宫中诗云："帘日已高三丈透，金炉次第添香兽。红锦地衣随步皱，佳人舞贴金钗溜。酒恶时将花蕊嗅，别殿时闻箫鼓奏。"议者谓与"时挑野菜和根煮，旋斫生柴带叶烧"者异矣。然此尽是寻常说富贵语，非万乘天子体。予盖闻太祖一日与朝臣议论不合，叹曰"安得如桑维翰者与之谋事"。左右曰"纵维翰在，陛下亦不能用之，盖维翰爱钱"。太祖曰"穷措大眼小，赐与十万贯，则塞破屋子矣"。以此言之，不知彼所谓金炉、香兽、红锦地衣当费得几万贯。此语得无是措大家眼孔乎。

二十、元方回《瀛奎律髓》卷四十四：李后主号能诗词，偶承先业，据有江南，亦僭称帝，数十州之主也。集中多有病诗，先有五言律云："病态加衰飒，厌厌已五年。"看此诗，真所谓衰飒憔悴，岂"大风"、"横汾"之比乎，宜其亡也。或谓此乃已至大兴之后，即不然矣。七言有云："衰颜一病难章复，晓殿君临颇自羞。"又云："冷笑秦皇经远略，静怜姬满苦时巡。"盖君临之时也。又《病中书事》："病身坚固道情深，宴室清香思自任。月照静室惟捣药，门扃幽院只来禽。庸医懒听词何取，小婢将行力未禁。赖问空门知气味，不然烦恼万涂侵。"此诗八句俱有味，然不似人主之作，只似贫士大夫诗也。

二十一、明顾起元《客座赘语》卷五：当时江南被围，自开宝七年十一月至八年十一月二十七日城破。宋祖令吕龟祥诣金陵籍煜图书赴阙下，得六万余卷。其为后主与黄保仪聚焚者，又不知几许也。后主之好文如此，故非庸主。其词是《临江仙》调，凄惋有致。

二十二、明蒋一葵《尧山堂外纪》卷四十一：李后主宫中未尝点烛，每至夜则悬大宝珠，光照一室如日中。尝赋《玉楼春》宫词曰："晓妆初了明肌雪，春殿嫔娥鱼贯列。笙箫吹断水云间，重按霓裳歌遍彻。临春谁更飘香屑，醉拍阑干清未切。归时休照烛花红，待放马蹄清夜月。"

二十三、清吴任臣《十国春秋》卷十七：后主名煜，字重光，初名从嘉，元宗第六子也，母光穆圣后钟氏。为人仁惠，有慧性。雅善属文，工书画，知音律。广额丰颊，骈齿，一目重瞳子。文献太子恶其有奇表，从嘉避祸，惟覃思经籍。历封安定郡公、郑王。文献太子卒，徙吴王，以尚书令知政事，居东宫。建隆二年（九六二），元宗南迁，立为太子，留金陵监国。（节）六月，元宗晏驾，嗣立于金陵。更今名，居表哀毁，几不胜。大赦境内。（节）乙亥岁春二月壬戌，宋师拔金陵阙城。（节）乙未，城陷，将军呙彦、马诚信及弟承俊帅将士数百，力战而死。（节）明年春正月辛未，至汴京。（封违命侯）（节）太宗即位，始去违命侯，加恃进，封陇西郡公。太平兴国二年，后主自言其贫。宋太宗命增给月奉，仍予钱三百万。太宗常幸崇文院观书，召后主及南汉后主令纵观，谓后主曰："闻卿在江南好读书，此简策多卿旧物，归朝来颇读书否？"后主顿首谢。三年七月辛卯薨（一云：宋太宗使徐铉见后主于赐第。后主忽吁叹曰："当时悔杀潘佑、李平。"铉不敢隐，遂有赐后主牵机药之事，盖饵其药则病，前却数十回，头足相就如牵机状也。又后主在赐第，七夕，命故伎作乐，声闻于外。太宗闻之大怒，又传"小楼昨夜又东风"，又"一江春水向东流"句，并坐之，遂被祸云。）又《南唐拾遗记》云："后主归宋后，郁郁不自聊，尝作长短句'帘外雨潺潺'云云，情思凄切，未几下世。"年四十二，是日七夕也。后主盖以是日生，赠太师，封吴王，葬洛阳北邙山。（节）自入宋，忽忽不乐，常与金陵旧宫人书词，甚悲惋，不可忍。（有云："此中日夕以眼泪洗面。"又念嫔妾散落，赋《虞美人》词以见志。又作长短句云："无限江山，别时容易见时难。"故臣闻之，有泣下者。）凶问至江南，父老多有巷哭者。（节）论曰：后主恂恂大雅，美秀多文，向使国事无虞，中怀兢业，抑亦守邦之主也。乃运丁石六，晏然自侈，谱曲度僧，略无虚日，遂至京都沦丧，出涕嗟若，斯与长城之"玉树后庭"、卖身佛寺以亡国者，何其前后一辙耶？悲夫！

二十四、清张德瀛《词徵》卷五：李后主善音律。尝造《念家山破》（唐教坊曲有《念家山》。后主衍之为《念家山破》。马令《南唐书》云："其声噍杀而名不祥，乃败征也。"）及《振金铃曲》。今后主所传者三十四阕，而两曲无之。

二十五、龙榆生《唐宋名家词选》：李煜，字重光，元宗第六子，初名从嘉。文献太子卒，以尚书令知政事，居东宫。元宗十九年，立为太子。元宗南巡，太子留金陵监国。建隆二年（九六一）嗣位，在位十五年。开实八年（九七五），宋将曹彬攻破金陵，煜出降。明年，至京师，封违命侯。太平兴国三年（九七八）七月七夕殂，年四十二。煜嗣位初，专以爱民为急，蠲赋息役，以裕民力。尊事中原，不惮卑屈。境内赖以少安者，十有五年。殂问至江南，父老有巷哭者。然酷好浮屠，崇塔庙，度僧尼不可胜算。罢朝，辄造佛屋，易服膜拜，颇废政事。故虽仁爱足感遗民，而卒不能保社稷云。煜后周氏，善歌舞，尤工琵琶。（节）煜对歌词之成就，于家庭父子夫妇间，与当时风气，皆有绝大影响，尤以周昭惠后精通乐律，从旁赞助之力为多焉。煜词传世者，有明万历庚申（一六二〇）虞山吕远墨华斋刊《南唐二主词》本，存后主词三十三首，中多残缺，亦有他人之作混入其中，盖皆后人辑录而成者。清康熙二十八年（一六八九）侯文灿刻《十名家词集》本《二主词》。与吕刻本殆出一源，惟无最末的《捣练子》"云鬓乱"一首。《全唐诗》载后主词三十四阕，未悉所据何本。此外有刘继增校笺本，王国维校记本，可供参证。

丛书简介

《国学经典丛书第二辑》推出了二十几个品种,包含经、史、子、集等各个门类,囊括了中国优秀传统文化的精粹。该丛书以尊重原典、呈现原典为准则,对经典作了精辟而又通俗的疏通、注译和评析,为现代读者尤其是青少年阅读国学经典扫除了障碍。所推出的品种,均选取了当前国内已经出版过的优秀版本,由国内权威专家郁贤皓、王兆鹏、朱良志、杨义等倾力编注,集经典性与普及性、权威性与通俗性于一体,是了解中华传统文化的一套优秀读本。

丛书主要撰写者

《李杜诗选》 郁贤皓(南京师范大学文学院教授 唐代文学学会副会长)

《李煜词全集》 王兆鹏(武汉大学文学院教授 词学大家唐圭璋弟子)

《子不语》 王英志(苏州大学教授 《袁枚全集》获第八届中国图书奖)

《陶渊明诗文选集》 杨义(中国社会科学院学部委员 中国社会科学院文学研究所博导)

《小窗幽记》 朱良志(北京大学哲学系教授 博导)

《苏东坡诗词文精选集》 李之亮(宋史研究专家教授 《宋代郡守通考》获第十三届中国图书奖)

《西湖梦寻》 李小龙(北京师范大学教授 《中国诗词大会》题库专家)

《阅微草堂笔记》 韩希明(南京审计学院教授 全国大学语文研究会会员)

《黄帝内经》 姚春鹏(曲阜师范大学哲学系教授 中国哲学史学会中医哲学专业委员会理事)

国学经典第二辑书目

《小窗幽记》　朱良志　点评
《格言联璧》　张齐明　注评
《阅微草堂笔记》　韩希明　注译
《战国策》　王华宝　注译
《西湖梦寻》　李小龙　注评
《说文解字选读》　汤可敬　注译
《子不语》　王英志　注评
《围炉夜话》　陈小林　注评
《鬼谷子·三十六计》　方弘毅　等注译
《了凡四训》　方弘毅　注译
《颜氏家训·朱子家训》　程燕青　注译
《黄帝内经》　姚丹　姚春鹏　注译
《本草纲目》　战佳阳　等注译
《西厢记》　（元）王实甫　著
《牡丹亭》　（明）汤显祖　著
《陶渊明诗文选集》　杨义　邵宁宁　注评
《李杜诗选》　郁贤皓　封野　注评
《苏东坡诗词文精选集》　李之亮　注评
《李煜词全集》　王兆鹏　注评
《历代诗词精华集》　叶嘉莹　等注评
《苏轼辛弃疾词选》　王兆鹏　李之亮　注评
《李煜李清照词集》　平阳　俊雅　注评
《李清照集》　苏缨　注评
《随园诗话》　唐婷　注译